DREAM WALKER
드림워커

FUSION FANTASTIC STORY
김현우 퓨전 판타지 소설

드림워커 1

김현우 퓨전 판타지 소설

초판 1쇄 찍은 날 § 2012년 2월 21일
초판 1쇄 펴낸 날 § 2012년 2월 27일

지은이 § 김현우
펴낸이 § 서경석

편집부장 § 권태완
편집책임 § 어정원

펴낸곳 § 도서출판 청어람
등록번호 § 제1081-1-89호
등록일자 § 1999. 5. 31
어람번호 § 제1-1337호

주소 § 경기도 부천시 원미구 심곡2동 163-2 서경B/D 3F (우) 420—822
전화 § 032-656-4452 팩스 § 032-656-4453
http://www.chungeoram.com
E-mail § chungeoram@chungeoram.com

ISBN 978-89-251-2781-1 04810
ISBN 978-89-251-2780-4 (세트)

1

김현우 퓨전 판타지 소설

FUSION FANTASTIC STORY

DREAM WALKER

드림워커

청어람
도서출판

CONTENTS

프롤로그

오전 5:00 기상
오전 5:30 신문 배달
오전 7:30 등교
오후 4:10 하교
오후 5:00 아르바이트
오후 11:00 퇴근
오전 1:00 취침

하루 네 시간의 취침.
그리고 어김없이 이루어지는 아르바이트.
삼 년 동안 이어진 나의 삶이다.
그래서 나는 꿈을 꾸려고 한다.
이 답답한 현실을 벗어나기 위해.

제 1 장

꿈의 세계

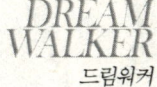

DREAM
WALKER
드림워커

시끄러운 음악이 방 안을 뒤덮는다. 경쾌한 음악과 달리 방 안의 풍경은 초라했다. 다섯 평 남짓한 방 안에는 살림살이가 어지럽게 흩어져 있어 한 사람 누울 공간밖에 존재하지 않았다.

"아침이네."

음악이 흘러나오는 핸드폰을 확인하는 이는 평범한 얼굴의 소년이었다. 새벽 다섯 시의 이른 시간이었지만 피곤한 기색 없이 자리에서 일어난 그는 곧바로 씻고 옷을 챙겨 입은 뒤 집을 나섰다.

남들보다 일찍 일어난 그는 신문을 배달했다. 아파트 단지부터 시작하여 주택이 밀집한 곳까지 배달을 마치고 집으로 돌아오니 여섯 시 반이었다.

옷을 갈아입고 주방으로 가서 찌개를 끓이고 계란찜을 만든 다음 거실에 잠들어 있는 사람들을 깨우면 가족들의 하루가 시작된다.

"일어나세요, 엄마. 아영이, 아현아, 아침이야. 일어나라."

"으응, 아침이야?"

"그래, 일곱 시 다 되어간다. 지각 안 하려면 일어나야 돼."

"네."

"알았어."

앳된 외모의 귀여운 소녀 아영은 눈을 비비며 자리에서 일어났지만 쌍둥이 언니인 아현은 칭얼거리며 자리에 누워 있다.

"아현아, 일어나."

"으으, 아영이 씻으니깐 좀 더 잘래. 오 분만."

"미적거리지 말고 일어나서 좀 도와. 아침부터 오빠만 고생하게 만들 거냐."

"…칫, 알았어."

툴툴거리며 자리에서 일어난 아현은 입을 내밀며 불만스러운 표정으로 상을 차렸다.

찌개와 계란찜, 반찬을 올려놓은 뒤 조심스럽게 잠든 어머니에게 다가갔다.

"엄마, 일어나세요. 아침 드셔야죠."

"아침이니?"

"네, 일곱 시 다 돼가요."

"그래……"

힘이 담기지 않은 목소리로 대답한 어머니가 자리에서 일어나자 본격적으로 식사가 시작되었다. 소년은 빠른 속도로 밥을 먹으며 쌍둥이 여동생 준비물을 체크하고 말을 이어나갔다.

"이번 달 방세도 문제없을 것 같아요. 그러니 걱정하지 않으셔도 돼요."

"괜찮겠니?"

"네, 아르바이트에서 버는 돈이 있으니까요. 걱정하지 마세요."

"미안하다, 기준아."

"미안하긴요."

분위기가 가라앉으려 하자 기준은 미소를 지으며 고개를 저었다. 그리곤 짐짓 매서운 눈으로 쌍둥이 여동생을 바라보며 말했다.

"얼마 후면 중학교 시험인 거 알고 있으니까 성적표 감출 생각 마. 알겠지?"

"네, 오빠."

"칫! 어떻게 알았대."

순순히 대답하는 아영과 달리 아현은 아쉬움을 감추지 못했다. 그 모습을 보며 피식 웃은 기준은 깨끗하게 비워진 밥그릇을 들고 설거지통에 넣어둔 뒤 방으로 들어가 가방을 챙겨 들었다.

"설거지 좀 부탁하마."

"오백 원!"

빠듯한 용돈 사정을 타파하기 위한 아현의 거래 요청이 들어왔지만 예상하기라도 한 듯 가볍게 떨쳐 버리고 의젓한 여동생에게 시선을 옮겼다.

"부탁한다, 아영아."

"응. 걱정하지 말고 다녀와, 오빠."

"늦지 말고 집에 들어오고. 특히 아현이 너."

지목당한 아현은 기분이 상한 표정이었다. 언니인 자신만 철없는 아이 취급에 불만을 토로했다.

"내가 아직도 어린애인 줄 알아?"

"중학교 1학년이면 아직 어린애다."

"어린애 아니거든!"

"그래, 어린애가 아니니 일찍 올 거라 믿고 간다."

가볍게 손을 저어 보이고 밖으로 나온 기준은 학교로 향했다. 그가 다니는 고등학교는 버스를 타지 않고 걸어가면 사십 분이 넘게 걸리는 곳이다.

버스를 타면 십 분 정도 걸려 도착할 수 있지만 집안 형편이 여의치 않아 버스비도 부담이 되는 실정이었다.

"3학년이 되면 더 일찍 다녀야 할 텐데."

아침 신문배달을 어떻게 해야 할지 걱정을 표하며 부지런히 걸음을 옮겼다.

학교에서의 기준은 평범한 학생이었다. 180㎝ 정도의 큰 키에 반듯한 모범생 이미지를 지니고 있어 선생님들 사이에서 평이 나쁘지 않았다.

하지만 보이는 것과 달리 대인 관계는 원만하지 못한 편이었다. 친구들과 어울리려고 하지 않아 쉬는 시간에도 혼자 시간을 보내기 일쑤였다.

점심시간이 되면 대부분의 학생은 급식을 먹으러 가지만 급식비도 부담감을 느낀 기준은 도시락을 싸와 조용한 곳에서 혼자 해결하고는 했다. 굶는 것이 편안한 방법이지만 저녁에도 아르바이트를 하는 그로서는 점심을 든든히 먹어둬야 했다.

방과 후 대부분의 학생은 자율학습을 하지만 기준은 곧바로 집으로 돌아와 옷을 갈아입고 아르바이트를 위해 밖으로 나왔다.

그가 아르바이트하는 곳은 고급 뷔페였는데, 마음씨 좋은 사장님과 지배인을 만나 월급 떼일 걱정없이 일할 수 있었다.

평일은 다섯 시간씩, 주말은 풀타임으로 일하고 한 달 중 이틀 쉬는 것을 제하고 월급 백만 원을 받는다. 힘들고 정신

없지만 학생 신분으로 이만큼 벌기 어렵기에 휴일도 추가 수당으로 전환하여 받으며 일하고는 했다.

오후 다섯 시부터 저녁 열 시까지 일하고 정리를 마친 뒤 집으로 돌아오면 열한 시 전후가 된다.

지친 몸으로 집에 돌아오면 반겨주는 것은 어머니와 여동생들이다.

"오빠, 어서 와. 힘들지?"

"힘들긴. 내가 열심히 일을 해야 우리 아영이 용돈도 주고 하지."

"용돈은 괜찮아. 좀 쉬어. 그렇게 일하면 몸이 안 좋아져."

"걱정해 줘서 고맙다."

나이에 비해 일찍 철든 여동생이 대견해 머리를 쓰다듬어 준 기준은 아현이 상을 차리고 있는 모습을 보고 놀란 표정을 지었다.

"저녁 제대로 못 먹었잖아. 빨리 먹어. 치우게."

"네가 웬일이냐?"

"칫! 난 이러면 안 되나?"

"안 되는 게 아니라 의외라서. 뿔난 망아지가 드디어 철들었나?"

"됐으니까 밥이나 먹어! 많이 먹고 돼지나 되어버려라!"

바락 소리친 뒤 혀를 날름거리는 모습에 웃음을 지은 기준은 자리에 앉아서 늦은 저녁을 먹었다. 아르바이트를 하면서 먹기는 하지만 워낙 시간이 없어 입으로 들어가는지 코로 들어가는지 모를 지경이다.

방세와 생활비, 분기마다 내는 공납금을 보태야 하기에 밥 먹을 시간까지 아껴야 하는 실정이다.

"아현이가 차려줘서 그런지 더 맛있는걸."

"그러면 용돈이나 주셔."

"아르바이트비 나오면 주마."

"정말? 으흐흐, 모든 게 계획대로! 헉!"

두 주먹을 움켜쥐고 기뻐하던 아현은 자신의 실수를 깨닫고는 입을 다물며 정색했지만 물은 엎질러져 있었다.

"설마 그게 목적이었냐?"

"그럴 리가. 난 오빠를 위한 순수한 마음에 차려줬단 말씀. 호호!"

가식적으로 웃는 모습이 앙큼했지만 기꺼이 눈감아주었다. 한창 반항기에 들어설 사춘기임에도 분란을 일으키지 않고 이렇게 지내주는 것만으로도 고마웠다.

식사를 마친 뒤 뒷정리를 아현에게 맡긴 기준은 씻고 곧바로 잠자리에 들었다. 새벽부터 신문 배달을 시작으로 학교생활과 뷔페 아르바이트까지 고된 노동의 연속이다.

눈을 감기가 무섭게 기준은 곧바로 잠에 빠져들었다.

"이대로는 안 돼."

몸이 버텨내지 못하는 걸 느낀 기준은 조치가 필요하다는 것을 느꼈다.

하루하루가 생활고의 연속인 일상에서 잠을 줄이기 어려운 상황이다. 성적에도 신경을 쓰고 있어 학교에서 자는 것도 용납하지 못했다.

고민하던 그가 찾아낸 방법은 수면의 효율을 극대화시키는 것이었다.

루시드 드림(Lucid Dream).

흔히 말하는 자각몽인 이것은 수면자 스스로 꿈을 꾸고 있다는 사실을 자각한 채 꾸는 꿈을 말한다. 하루 네다섯 시간을 수면으로 보내는 기준에게 있어 이 시간을 잘 활용할 수 있다면 더 매력적인 것은 없을 터였다.

아르바이트를 마친 그는 피곤한 몸을 이끌고 루시드 드림에 관련된 자료를 검색하기 시작했다.

정보를 습득하면 바로 가능할 것이라는 생각과 달리 어느 정도 단련이 필요하다는 것을 확인하고는 실망을 감추지 못했지만 집중하여 필요한 정보를 읽어 들였다.

루시드 드림을 꾸기 위해서는 먼저 리얼리티 체크와 꿈 일기를 통해 단련을 해야 했다.

리얼리티 체크는 꿈과 현상을 구분하는 것으로 현실에서 불가능한 것을 봄으로써 이곳이 현실이 아닌 꿈이라는 것을 알아차리는 일련의 행위라고 할 수 있다.

꿈 일기는 꿈으로 꾼 내용을 공책에 적음으로써 잊어버릴 수 있는 꿈의 내용을 자각하여 그 내용을 잊어버리는 것을 방지할 수 있다.

짧은 시간의 수면으로 최대의 효율을 내기 위해서는 이 두 가지는 필수적으로 해내야 했다. 꿈을 자각하되 짧은 수면 동안 오랜 시간 휴식을 취했다고 속임으로써 피로를 최소화시키는 것이 목표였으니 말이다.

이 두 가지가 병행되는 가운데 루시드 드림을 꾸기 위해서 딜드와 와일드라는 방법이 존재한다.

딜드는 꿈을 꾸는 도중 꿈이라는 것을 인식하고 루시드 드림으로 전환하는 것을 말한다. 꿈을 꾸면서 리얼리티 체크를 해주어야 하는데 쉬워 보이지만 단련이 필요한 작업이기도 했다.

리얼리티 체크와 꿈 일기를 병행하며 해야 하기에 습득이 빠르면 며칠 안에 가능하지만 늦으면 몇 달이 걸리기도 하다.

와일드는 비몽사몽 상태에서 곧바로 루시드 드림을 꾸는 것을 말하는데, 이완기—과도기—안정기를 거치며 루시드 드림으로 넘어간다고 한다.

"와일드를 위해서는 딜드의 단련이 필요하다고? 하지만 난 비몽사몽 경우가 많으니 곧바로 와일드가 가능하지 않을까?"

정보 습득을 마친 기준의 고민은 깊어만 갔다. 매력적이지만 몇 달이라는 시간 동안 단련해야 한다는 점이 마음에 들지 않았다.

그나마 빠르면 며칠 내에 가능하다는 사실이 조금이나마 위로가 되었다.

"손해 볼 건 없으니 해보자."

지푸라기라도 잡는 심정이기에 기준은 곧바로 침대에 누웠다.

딜드보다 와일드를 선택한 것은 평상시의 생활과 대입해서 그렇다.

아침 일찍 일어나 신문 배달을 하고 밤늦게까지 아르바이트를 한 뒤 돌아오면 남는 것은 피곤뿐이다. 지금 이 생활에 적응하기 전에 피곤해서 서서 잠들 뻔한 것을 감안하면 비몽사몽 상태에서 진입하는 와일드가 그에게 더 적합한 방법이었다.

몸에 힘을 빼고 있으니 의식이 흐릿해지기 시작했다. 서서히 잠에 빠져드는 듯 의식은 있되 몽롱한 상태에 빠져서 이곳이 꿈인지 현실인지 분간이 힘들어졌다.

'현실? 꿈? 현실? 꿈? 꿈, 꿈이지.'

잠에 빠져들면 제대로 된 사고가 불가능해진다. 그것은 기준 또한 마찬가지였다.

몸은 천근만근 무거웠고, 주변 상황을 인지하는 것이 쉽지 않았다.

이곳이 꿈의 세계라는 것을 인정하고 몸에 힘을 빼자 시간이 흐르면서 서서히 정신이 또렷하게 드는 것이 느껴졌다. 그와 동시에 무겁게 느껴지던 몸도 가벼워졌다.

'여기가 꿈이라고?'

무심코 방 안에 있던 시계에 시선을 옮기자 분침과 시침, 초침 삼십여 개가 어지럽게 흩어져 있는 것이 눈에 들어왔다.

이것만으로도 확연한 꿈의 세계라는 것이 확인된 셈.

움직임이 자유롭고 자신이 루시드 드림을 꾸고 있다는 사실이 확신으로 다가오자 기준은 미소를 지으며 침대에 누웠다.

'이게 성공하기만 하면……'

두근거리는 마음으로 눈을 감은 뒤 수면을 취하려고 하자 곧바로 몸이 무거워지며 잠에 빠져들기 시작했다.

째각, 째각, 째각, 째각.

그 후 얼마의 시간이 지났는지 모르겠지만 귓가에 들려오는 초침 소리에 기준은 눈을 떴다. 그리고 시계를 바라보았지만 시침과 분침, 초침이 어지럽게 흩어져 있어 지금이 몇 시인지 확인할 수 없었다.

'피곤하니 좀 더 자자.'

꿈의 세계라는 것도 망각한 채 다시 잠에 빠져드는 기준. 이어 얼마의 시간이 지났는지 모르지만 또다시 초침 소리에 깨어나고 말았다.

이후 몇 번 더 같은 현상이 반복되었다. 잘 만큼 자게 되고 피로가 말끔히 풀리자 이곳에서 벗어나고 싶은 마음이 간절해졌다.

'설마 영원히 있는 건 아니겠지?'

루시드 드림을 처음 시도해 보았기에 겁이 들었다. 만약 깨어나지 못하게 되면?

두려운 마음은 전염병처럼 급속도로 번져 전신을 잠식했다.

마음속의 감정이 격해지기 시작하자 누구에게 향하는지 모를 불같은 화가 치밀어 오르기 시작했다.

그것이 터질 때 흘러나오지 않던 육성이 흘러나왔다.

"어떻게 해야 되는 거냐고?"

그 순간 세계가 변하기 시작했다. 순백의 공간이 어그러지기 시작하더니 또렷했던 정신이 아득해지기 시작했다.

"헉? 하아!"

거친 숨소리와 함께 자리에서 일어난 기준은 아직 어두운 주변 환경을 보고 안도의 한숨을 길게 내쉬었다.

아찔했던 루시드 드림의 경험을 떠올리며 머리맡에 놓아두었던 핸드폰을 집어 들었다.

"몇 시지?"

시간을 확인하는 순간 기준은 깜짝 놀라고 말았다.

4:00 AM

그가 잠든 시간이 1시 전후인 걸 감안하면 불과 세 시간밖에 수면을 취하지 않은 것이다.

당황한 기준은 몸을 일으켜 이리저리 움직여 보였다. 잠들기 전까지만 해도 물 먹은 솜처럼 무겁게 느껴지던 몸이 가볍게 느껴졌다.

세 시간의 수면으로 이런 효과가 가능하단 말인가?

한 달에 한두 번 쉬는 날에 잠을 푹 자본 적은 있지만 이렇게 몸이 가벼웠던 적은 없다.

"루시드 드림의 효과?"

서서히 밝아지는 표정. 이게 루시드 드림의 효과라면 시간을 효율적으로 활용할 수 있는 최고의 방법을 손에 넣었다고 할 수 있다.

자리에서 일어난 기준의 입가로 미소가 번져 나갔다.

기준은 스스로를 이기적이라 생각한다.

자기 자신의 이익을 꾀한다는 뜻을 지니고 있지만 그보다 다른 사람에게 피해를 끼치며 자신의 이익을 중시한다는 뜻이 강하다.

부정적인 단어지만 그는 이기적이라는 것이 나쁘다고 생각지는 않았다. 그가 추구하는 이기적임은 다른 사람에게 피해를 끼치지 않는 것이다.

생활에 여유가 없으니 다른 사람에게 주는 관심 또한 사치였다.

하지만 그러한 생각이 가끔씩 흔들릴 때가 존재했다.

"꺄아! 도둑이야!"

찢어지는 여성의 비명 소리와 함께 요란한 엔진 음이 울려 퍼졌다.

고개를 돌리니 오토바이를 탄 2인조 강도가 이른바 날치기를 한 상황이었다.

소리를 지른 여인은 사십대 초반 정도로 보였는데 차림새를 보아 형편이 넉넉하게 보이지 않았다.

사람이 많지 않은 길이었기에 오토바이는 맹렬한 기세로 돌진했고, 사람들은 앞을 가로막을 생각조차 못하고 분분히 비켜섰다.

그 광경을 바라보는 기준의 머릿속에 여러 가지 생각이 소용돌이치기 시작했다. 도의상 도와야 함이 옳았지만 그의 이기심은 자신과 관련없는 일에 나서지 말라고 경고하고 있었다.

'하지만 그건 너무 삭막하잖아?'

자신을 이기적이라고 생각하지만 정의롭지 않다는 것은 아니다. 눈앞의 불의를 보고 외면하면 사람이 지니고 있어야 할 최소한의 도덕심조차 없다는 뜻 아닐까.

여인의 모습을 보아 살림이 넉넉하게 보이지 않았다. 그 뜻은 빼앗긴 돈은 큰 타격이 될 수 있을 것이다.

'해보자.'

결심을 굳히는 순간 오토바이가 그의 옆을 빠르게 스쳐 지나갔다.

달려서 쫓아갈 수 없었기에 손에 들고 있던 가방을 그대로 집어 던졌다.

구두와 유니폼이 든 가방은 정확하게 오토바이 뒤에 탄 강도의 머리에 작렬했다.

"억!"

끼이익!

외마디 비명 소리가 울려 퍼지며 오토바이가 미끄러지면서 거세게 흔들렸다. 멈춰 선 오토바이를 보는 순간 달려든 기준이 강도 녀석을 후려쳤다.

"이 새끼가!"

욕설이 터져 나왔지만 기준은 한 녀석만 집중적으로 공격했다. 가방을 가진 놈만 묶어둘 수 있다면 일을 해결하는 것은 어렵지 않았다.

그때 빡! 하는 소리가 울려 퍼졌다. 진드기처럼 떨어지지 않는 기준을 향해 헬멧을 휘두른 것이다. 순간 정신이 아득해졌지만 손에 쥔 힘을 풀지 않고 잡아 물고 늘어졌다.

"이, 이 자식! 진짜!"

헬멧을 휘둘렀던 녀석은 끝까지 떨어지지 않는 기준을 보며 당혹스러운 음성으로 중얼거리다가 오토바이를 타고 도망쳤다.

그사이 은행에서 나온 무장 경관이 쓰러져 있는 강도를 제압했다. 상황이 종료되자 다리에 힘이 풀린 기준은 자리에 주저앉았다.

"후우!"

"고마워요. 정말 고마워요, 총각."

"나쁜 놈을 잡는 건데 당연히 나서야죠. 소중한 돈이잖아요?"

웃어 보이는 모습에 아주머니는 어쩔 줄 몰라 했다. 아르바이트 시간이 다 되어 가야 한다고 말을 했지만 한사코 놓아주지 않았다.

어떻게든 보답을 하고 싶어 하는데, 넉넉해 보이지 않는 모습을 보고 한몫 챙기려 할 정도로 궁핍하지는 않았다.

잡아끌다시피 그를 데리고 간 곳은 근처에 위치한 빵집이었다. 그곳에서 여러 개의 빵을 구입하여 감사의 인사를 표시했다.

차마 그것까지 거절할 수 없었던 기준은 봉지를 받아 들고 아주머니와 헤어졌다. 뒤통수를 맞는 등 여러모로 고생을 했지만 기뻐하는 모습을 보니 뿌듯했다.

이후 정신없이 서빙을 하며 움직이다가 머리가 아파오는 것을 느낀 기준은 인상을 찡그렸다.

"무슨 이상이 있는 건 아니겠지?"

가끔씩 지끈거리는 통증이 느껴졌지만 대수롭지 않게 넘

졌다.

   그날은 조금 달랐다.

   루시드 드림을 꾸기 위해 자리에 누운 기준은 평소와 다르게 진행되는 것을 깨달았다.

   꿈의 세계라는 자각을 할 틈이 없었다. 몸이 붕 뜨는 느낌과 함께 어디론가 빨려들어 가는 느낌을 받았다. 곧이어 새하얀 빛이 눈을 어지럽히더니 푸른 하늘이 두 눈에 담겼다.

   고개를 아래로 내리니 거대한 성이 눈에 들어왔다.

   중세시대를 연상시키는 성안에는 수많은 사람이 분주히 움직이며 삶을 살아가고 있었다.

   얼마나 구경했을까.

   주변 풍경이 빨리 감기 하는 것처럼 뒤바뀌기 시작했다.

   그의 눈에 들어온 것은 나무가 우거진 숲이었다. 점점 깊은 곳으로 들어가자 목책에 둘러싸인 마을이 모습을 드러냈다.

   기준의 시야가 고정된 것은 마을에서 조금 떨어진 집이었다.

   그곳에는 중년 부부와 십대 중반으로 보이는 소년이 살고 있었다.

   소년의 이름은 유델.

   기준은 새로운 세계와 조우하게 되었다.

남들이 보기에 기준은 집안 형편이 좋지 않은 평범한 고등학생에 지나지 않는다. 하지만 기준은 누구에게도 말하지 못할 비밀을 간직하게 되었다.

꿈에서 본 세계는 남들이 알지 못하는 새로운 세계였다.

그곳에서 기준은 유델이라는 소년으로 세상을 보게 되었다.

유델은 기준보다 세 살 어린 열다섯의 어린 소년이었다. 산골 마을 출신인 그는 사냥꾼인 아버지와 상점을 하고 있는 어머니를 두어 유복한 가정에서 자랐다.

아버지의 뒤를 이어 사냥꾼이 되겠다며 매일같이 수련하는 유델의 하루하루는 기준의 것과 달리 행복한 나날이었다.

기준이 사는 곳과 다른 이곳은 중세시대의 배경에 유사 인종과 몬스터가 존재하는 세계였다.

유델은 사냥꾼이 되고자 다양한 공부를 하였다. 산을 타는 법과 간단한 약초술, 몬스터의 종류 등을 익혔고, 글공부를 병행해 나갔다.

그의 시야를 함께 공유하는 기준은 유델이 습득하는 것을 자연스럽게 익힐 수 있었다.

그것뿐만이 아니었다.

유델의 아버지는 산골 마을 사냥꾼에 불과했지만 젊은 시절 용병으로 활약하여 돈을 모아 용병계를 은퇴한 성공한 인물이었다.

그가 가르치는 검술은 살기가 짙었지만 당장 실전에 적용할 수 있을 정도로 강렬했다.

기준은 그것을 눈여겨보며 익히길 주저하지 않았다.

잠이 들 때마다 기준이 겪는 유델의 시간은 정확히 하루였다.

많은 것을 보고 습득하게 되니 더 넓은 사고의 폭을 지니게 되었다.

무엇보다 그의 마음에 드는 이유는 따로 존재했다.

"전혀 피곤하지 않으니."

유델의 하루를 겪고 나면 전날 쌓였던 피로가 거짓말처럼 사라져 있었다.

남들이 모르는 그만의 비밀은 무척 매력적인 것이었다.

그날은 유난히 운수가 나쁜 날이었다.

점심시간이 되고 학생들이 급식소로 향할 무렵, 기준은 집에서 싸온 도시락을 들고 교실을 나섰다. 그가 주로 밥을 먹는 곳은 학교 건물 뒤쪽에 있는 작은 정자였다.

그곳에 도착한 그는 눈앞에 펼쳐진 광경을 보고 멈칫할 수밖에 없었다. 인적이 드물던 그곳에 뉴스로만 보던 학교 폭력의 실상이 고스란히 목격하게 되었다.

세 명의 학생이 한 명을 둘러싼 채 험악한 분위기를 조장하고 있었다.

눈에 띄어 조용한 학교생활이 망가질까 싶어 걸음을 옮기려던 찰나 한 녀석이 그를 발견하곤 소리 높여 불렀다.

"이리 와라!"

못 들은 척하고 걸음을 옮기니 어깨를 움켜쥐는 손길과 함께 살벌한 목소리가 들려왔다.

"새꺄! 내 말 안 들리냐?"

"관련없는 일이니 상관하고 싶지 않은데."

"뭐? 이 새끼 말하는 거 봐라. 너도 와, 새꺄."

냉정히 끊어서 말하는 기준의 모습에 녀석은 입가에 비웃음을 짓더니 어깨를 잡아끌었다.

가까이서 보니 기준은 이 녀석들이 제법 전문가라는 것을 눈치챌 수 있었다. 몸을 웅크리고 있는 학생은 왜소한 체격이었는데, 교복 곳곳이 더러웠지만 구타의 흔적은 찾아볼 수 없었다.

기준이 다가오자 녀석들은 눈을 빛냈다. 180cm에 달하는 그의 덩치는 작은 것이 아니었지만 순순히 끌려오는 것을 보니 덩칫값도 제대로 못 하는 녀석이라 판단했다.

겁을 주면 알아서 길 것이라 생각하며 사뭇 위압적인 어조로 말을 꺼냈다.

"야, 돈 있냐?"

"돈 없는데."

"지금 그걸 말이라고 하냐?"

태연한 기준의 모습이 마음에 들지 않았는지 험악한 표정을 지으며 압박했다.

그러나 정작 그 모습을 바라보는 기준은 그 모습이 무섭기는커녕 우습기만 하였다. 비록 꿈이라고는 하나 유델은 목숨을 걸고 짐승을 사냥한다. 동급생의 어설픈 압박 따위가 먹힐 리 없다.

"돈이 없는 걸 없다고 하지 뭐라고 하지?"

"하! 아무래도 이것처럼 되어봐야 정신을 차리려나."

뒷말을 작게 중얼거리며 웅크리고 있는 학생을 발로 건드린 녀석이 건들거리는 걸음걸이로 다가왔다.

입가에 비릿한 미소를 짓고 지척에 도달했을 때, 녀석은 가볍게 이죽이더니 그대로 주먹을 날렸다.

기습적인 공격이기에 피하기 힘들었다.

평소라면 말이다.

주먹이 날아오는 순간 기이한 현상이 일어났다. 녀석의 모습이 슬로우 비디오처럼 느리게 보이고 있었던 것이다.

약한 학생이나 괴롭히지만 양아치 노릇을 하고 있는 놈의 주먹이 이렇게 형편없을 리 없다.

지금 그가 겪고 있는 상황은 마치 고속열차에서 바깥 풍경이 느리게 지나가는 것처럼 보고 있는 둘 사이 시간의 흐름이 달랐다.

이상하다고 느낀 순간 기준의 중심이 앞으로 기울어지며

놈의 복부에 주먹을 꽂아 넣고 있었다.

"껙!"

외마디 비명을 지르며 놈의 몸이 기울어졌다. 명치가 적중 당하면서 순간 호흡 곤란이 찾아온 것. 거기에 그치지 않고 무릎으로 놈의 허벅지를 찍어버렸다.

형편없이 널브러지는 녀석의 모습을 본 다른 놈들의 표정 은 가관이었다. 기준은 그들이 달려들기 전에 먼저 선수를 쳤 다.

정확히 급소만 노리는 그의 주먹은 논다 하는 고등학생이 감당할 만한 것이 아니었다.

모래성처럼 허물어지는 두 녀석을 보며 기준의 눈이 거세 게 떨렸다.

싸움 한 번 제대로 해본 적 없는 자신이 능수능란하게 양아 치 녀석들을 제압한 현실이 믿기지 않았다. 그것은 녀석들에 게 당하고 있던 학생 또한 마찬가지였는지 눈을 크게 뜨고 기 준을 바라보고 있었다.

"후우!"

가볍게 숨을 몰아쉰 그는 자신을 뚫어지게 바라보는 학생 을 힐끗 보다 그대로 몸을 돌렸다. 아등바등하지 못하고 양아 치 녀석들의 노리개로 전락한 이와 상종하고 싶은 마음이 없 었다.

"나한테 무슨 일이 일어나고 있는 거지?"

의문이 담긴 목소리가 허공에 흩어졌다.

자신에게 일어난 변화가 무엇인지 알 수 없어 머릿속이 복잡하게 헝클어졌다.

남들에 비해 작지 않은 체구를 지녔다고는 하나 상대했던 녀석들 모두 비슷한 체구였고, 그보다 훨씬 싸움 경험이 많을 것이다.

기준이 그들에 비해 앞서는 것은 꿈의 세계에서 간접적으로 겪은 혹독한 수련과 살벌한 실전이다. 하지만 그것은 어디까지나 머릿속에 박힌 것일 뿐, 실제로 겪어보지 않았기에 크게 도움될 것이라 생각되지 않았다.

하지만 오늘 일어난 일은 그로서도 쉬이 넘길 수 없었다. 자신이 녀석들을 쓰러뜨릴 때 사용했던 수법은 꿈속의 유델이 아버지에게 익힌 체술이었다.

마치 몇 년 동안 익힌 것처럼 자연스럽게 펼쳐졌다.

꿈속의 체술을 펼치는 일이 가능하다?

그전까지만 해도 꿈의 세계는 자신만 겪는 특이한 현상이며 짧은 시간 수면을 취해도 피로가 말끔히 회복되는 것이 전부라 생각하던 기준에게 큰 충격을 주기에 부족함이 없었다.

'아닐 수도 있지만 시험을 해봐도 나쁘지 않겠지.'

그러던 어느 날이었다.

홀로 사냥을 떠난 유델은 그동안의 경험을 토대로 능숙한 실력을 선보였다.

　세 살이나 어리지만 죽이지 못하면 죽는 세계에서 살아온 유델의 손속은 과감하고 거침없었다.

　단호하기까지 한 그 모습을 보면서 기준은 느끼는 것이 많았다.

　지끈!

　'뭐야?'

　사냥이 끝나갈 무렵, 기준은 강렬한 두통을 느꼈다. 그동안 꿈의 세계에서 고통을 느껴본 적이 없다.

　'이건 대체?'

　유델에 빙의하듯 얹혀 있는 자신을 강렬하게 잡아끄는 흡인력에 기준은 그곳을 향해 고개를 돌리고자 했다. 하지만 몸의 주체는 어디까지나 유델이었기에 불가능했다.

　그 순간 놀라운 일이 일어났다. 고개를 갸웃거린 유델은 기준이 원하는 곳을 향해 시선을 옮겼다.

　강렬한 파장이 느껴진 곳은 작은 동굴이었다. 몸을 웅크리고 들어가야 할 정도로 작았지만 알 수 없는 힘이 느껴지고 있었다.

　"뭐지?"

　이상함을 느낀 유델은 방향을 바꿔 걸었다. 오랫동안 방치된 듯 짐승의 흔적을 찾아볼 수 없었지만 알 수 없는 끌림을 느낀 그는 동굴 안으로 들어갔다.

"이상한데?"

동굴 안은 생각 외로 깊었다. 흡인력이 발휘되는 것처럼 끌려가듯 안으로 걸음을 옮긴 유델은 계속해서 안으로 걸음을 옮겼다. 잔뜩 웅크리고 있던 몸이 어느새 꼿꼿하게 펴지고 있는 것을 그는 깨닫지 못했다.

"이, 이건……."

동굴 끝에 도달했을 때 유델의 입은 크게 벌어지고 말았다.

그가 서 있는 곳은 거대한 공동이었다. 수백 명의 사람이 서 있어도 부족하지 않을 거대한 공동 중앙에는 작은 언덕이 존재했고, 그 위에 한 자루의 검이 꽂혀 있었다.

홀린 표정으로 다가간 유델은 검에 손을 뻗으려다가 멈칫했다.

검 앞에는 예전 주인이 적은 듯 날카로운 예기가 느껴지는 글씨가 패에 새겨져 있었다.

[목표가 있는 자, 꿈이 있는 자, 신념이 있는 자, 뽑아라.]

글에 새겨져 있는 강렬한 기운은 유델을 휘감기에 부족하지 않았다. 전율에 휩싸인 그는 뒤로 주춤거리며 물러났다. 은연중 자신이 저 검을 감당할 수 있을지 확신할 수 없었다.

"내가 감당할 수 있는 게 아니야."

멍한 눈으로 바라보던 유델이 결정을 내린 듯 입술을 지그

시 깨물었다. 욕심과 체념 두 감정 사이에서 갈등하는 그의 감정은 고스란히 기준에게 전해졌다.

'이건 기연이라 불리는 것 아닌가? 왜 취하지 않는 거야?'

유델의 감정에 기준은 어이가 없었다. 깊이 생각할 것도 없이 눈앞에 펼쳐진 광경은 남들이 말하는 기연이라 불리는 것임이 분명했다.

천운이 따르지 않으면 찾아오지 않는다고 알려진 기연이었다.

그것이 눈앞에 존재함에도 불구하고 취하지 않는 유델의 행동이 답답하게 느껴질 수밖에 없었다.

'목표와 꿈, 신념이 복잡할 이유가 있어? 그럴 필요가 없어.'

기준 또한 패에 새겨져 있는 기운을 느끼고 있었다. 하지만 그것은 검의 주인이 주인을 선별하기 위한 자격 요건에 지나지 않았다.

유델에게는 아버지의 뒤를 이어 가족을 부양하겠다는 목표가 존재했고, 사냥꾼이 되겠다는 꿈이 존재했으며, 가족을 보호하고 정의를 따르겠다는 신념을 품고 있다.

어렵게 생각할수록 어려운 것이지만 간단하게 생각하면 간단하게 여길 수 있는 것이기도 했다.

"돌아가자. 내 것이 아니야."

결국 뒤로 물러서는 유델을 보며 기준은 안타까운 마음을 감추지 못했다.

자신이 살고 있는 세계와 다르기에 생각하는 것이 다를 수밖에 없었다.

'후우!'

동굴 밖으로 나와 집으로 돌아오는 모습에 기준은 한숨을 내쉬었다. 그리고 머릿속으로 굴러 들어온 행운을 제대로 움켜쥐지 못한 유델에게 혀를 찼다.

스스로의 가치를 폄하하고 행운을 걷어차는 행동이 마음에 들 리 없었다.

'자질을 갖추고 노력을 기울이지만 그것뿐이었다니……'

오늘의 충격에서 벗어나고 싶었는지 유델은 일찍 잠자리에 들었다.

그것으로 꿈의 세계는 끝. 현실로 돌아온 기준은 자리에서 일어나 시간을 확인하니 평소보다 이른 시간에 기상할 수 있었다.

"멍청한 녀석."

누구는 그런 행운을 발견하지 못해 하루하루를 힘겹게 보내고 있다. 포근한 엄마와 톡톡 쏘는 아현, 성숙한 아영이 있기에 힘을 내어 살아가지만 다른 이들이라면 포기했을지 모를 혹독한 삶이다.

"근본적인 마음가짐이 바뀌어야 돼. 실력을 갖췄으면 뭐하나. 후우."

만약 자신이 현실에서 유델과 같은 환경이 주어졌으면 어떨까 생각을 해본다. 마나를 활용한 검술과 체술을 익히고 부족하지 않은 집안 환경, 모든 것이 만족스러울 것이다.

"결국 그 정도로 끝난다면……."

꿈의 세계는 기준에게 많은 정보를 가져다주었다. 유델이 익히고 있는 검술과 체술을 익히고 있기에 마법이라는 것을 보고 싶은 것이 그의 솔직한 생각이었다.

"마법을 현실에서 사용할 수만 있다면 나쁘지 않을 텐데."

마법을 익히고 그것을 토대로 현실에 응용할 수만 있다면 돈을 벌 기회는 무궁무진하다.

내심 유델이 세상에 나아가 마법을 접하고 익히길 바랐지만 그의 소심한 면을 알아버린 기준은 극심한 허탈감을 느꼈다.

그 순간 그는 멈칫했다.

"잠깐, 내가 어떻게 유델의 감정을 느낄 수 있는 것이지?"

소름이 번져 나갔다.

꿈의 세계에서 벌어진 변화는 기준으로 하여금 꿈과 현실의 경계를 모호하게 만들어 불안함을 느끼게 했지만 긍정적인 면도 존재했다.

고심하던 그는 결심을 굳히곤 두 여동생을 데리고 집을 나섰다.

"여긴 왜?"

아현은 양 볼을 부풀린 채 불만을 감추지 않았다. 옆에 선 아영은 궁금증을 겉으로 드러내지는 않았지만 의아한 표정을 짓기는 마찬가지였다.

두 여동생을 데리고 온 곳은 뒷산에 존재하는 공터였다. 간단하게 운동할 수 있는 이곳은 아침 시간에나 사람이 존재할 뿐 이후에는 인적이 드물었다.

"가르쳐 주고 싶은 것이 있어서……."

"뭘 가르치려고? 가르치려면 집에서 가르쳐도 되잖아."

방과 후 곧바로 집에서 불려 나온 탓에 아현은 짜증을 부렸다. 평소라면 엄하게 말했을 기준이지만 고개를 저으며 부드럽게 말했다.

"가르치고 싶어도 집은 좁아서 안 돼. 나도 없는 시간 내서 부른 거니까 불만스러운 표정 그만 짓고."

"뭔데?"

"호신술."

"뭐?"

"호신술이라고."

그의 말에 아현과 아영은 어처구니없다는 표정을 감추지 못했다.

"무슨 뜻이야? 갑자기 호신술은 뭐고? 지금 장난해?"

"자세한 설명이 필요해요."

다급하게 묻는 아현과 달리 아영은 차분한 어조로 설명을 요구했다. 고개를 끄덕인 기준은 자신의 생각을 천천히 털어 놓았다.

"인연이 닿아 호신술을 익히게 되었다. 남들이 말하는 비전이라 불리는 건데, 그분에게 허락을 받아서 가족에게 전수할 수 있게 되었다. 알다시피 요즘 여자들이 다니기 힘한 세상이기도 하고."

기준의 말에 둘은 아리송한 표정을 지었다. 생각에 잠기는 아영과 달리 아현은 코웃음을 쳤다.

"헹! 세상에 그런 게 어디 있어? 내가 믿을 줄 알고?"

"그럼 내기를 해볼까?"

"내기?"

"그래, 내가 이 자리에 서 있을 테니 넌 손발을 이용해서 날 밀어내기만 하면 돼. 십 분 안에 밀어내면 용돈 오만 원 줄게."

"오, 오만 원? 좋아, 할게! 십 분도 필요없어! 오 분이면 충분하니까!"

넉넉하지 않은 가정 형편이어서 늘 용돈이 부족한 아현에게 기준의 제안은 가뭄의 단비와도 같았다. 눈을 반짝이는 그녀와 달리 아영은 조용히 상황을 주시했다.

"대신 너도 약속해라. 해내지 못하면 군말없이 호신술을 익히기로."

"알았어. 그럼 바로 간다? 이얍!"

영악하게도 말이 끝나기가 무섭게 아현은 두 손을 뻗고 달려들었다. 기준의 키가 크기는 하지만 체중을 실어서 밀어버리면 못 넘어뜨릴 것도 없었다.

'어려워. 언니가 이길 것 같은데. 오빠가 거짓말을 한 걸까?'

아영이 보기에도 기준이 밀려날 것은 당연할 것 같은 상황이었다.

기세 좋게 달려들었지만 그 순간 손을 뻗은 기준이 아현의 어깨를 잡고 가볍게 힘을 주니 달려들던 그녀는 몸의 중심이 기울어지며 그대로 엉덩방아를 찧고 말았다.

"아얏!"

"네 성격을 내가 모를 것 같냐?"

"이익! 아직 끝나지 않았다고!"

이를 갈며 폴짝 뛴 아현은 독 오른 살쾡이처럼 달려들었다. 손발을 어지럽게 흔들었지만 그 모습을 보며 기준은 입꼬리를 말아 올릴 뿐이었다.

기준이 익힌 체술은 실전적인 면이 극히 강화된 것이다. 무기를 잃어버렸을 때 간단한 움직임을 통해 적을 제압하는 호신술은 현대 여성이 익히기에 적합했다.

십 분이라는 시간은 순식간에 흘렀다.

승부는 진즉에 갈렸다. 아현은 거칠게 숨을 몰아쉬며 기준을 바라보았다.

"하악! 학! 학! 마, 말도 안 돼!"

그녀의 두 눈에 경악이 담겨 있었다. 공언했던 것처럼 기준은 정말 한 발자국도 움직이지 않았다.

온갖 수를 써서 밀어버리려고 했지만 그때마다 기준은 몸 전체를 이용하여 가볍게 자신을 흘려버렸다. 그리고 상황마다 상대를 제압할 수 있는 부분을 툭툭 건드리니 인정할 수밖에 없었다.

"어, 어떻게 익힌 거야?"

"아는 사람을 통해 우연히 익혔다. 내 말이 거짓이 아니란 걸 알겠지?"

둘이 고개를 끄덕이자 만족한 기준이 입가에 미소를 지었다.

"비인부전이라 칭해지는 무술이다. 복잡하지 않지만 효율적인 면이 극대화되어 있고 살상력이 높아. 위험한 상황에서 상대를 제압하는 데 도움이 될 거다."

"익히면 나도 무공 고수가 될 수 있는 거야?"

"갑자기 무슨 무공 고수?"

기준이 의아한 표정을 짓자 아현은 눈을 동그랗게 뜬 채 물었다.

"비인부전이라며? 그거 무공 전수할 때 하는 말 아니야?"

"세상에 무공이 어디 있나. 그냥 효율적인 무술이라고 생각하면 된다."

"그래? 칫! 무공인 줄 알았는데."

가치를 높이기 위해 가져다 붙인 것이 엉뚱한 상상을 유발하게 만든 셈이었다. 코웃음을 친 기준은 그녀의 상상을 가볍게 부숴주었다.

"무공은 무슨. 어쨌든 약속했으니 앞으로 한 시간씩 익히도록 해."

"칫칫!"

위력을 직접 목격했지만 형편없이 당한 것이 마음에 들지 않는지 양 볼에 바람을 넣는 아현이었다.

그 모습을 물끄러미 지켜보던 기준은 당근이 필요하다고 생각되어 말을 덧붙였다.

"효과에 대해서 말하지 않았구나. 이 무술은 성장 촉진에도 효과가 있다."

"저, 정말? 거짓말 아니지?"

"익혀보면 알 거다."

"그럼 익힐래! 아영아, 우리에게 희망이 생겼어!"

또래보다 작은 체구가 늘 불만이었던 아현은 기준이 내민 미끼를 물었다. 조용하던 아영 또한 두 눈을 빛내며 의욕이 담긴 눈을 하였다.

여동생들의 귀여운 모습에 기준은 미소 지었다.

"그럼 간단하게 시범부터 보여주마."

제 2 장

경계의 선

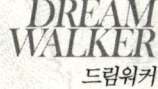
DREAM
WALKER
드림워커

　기준의 하루는 예전보다 훨씬 바빴다.

　최근 들어 하루에 한 번씩 체술과 검술을 연습하면서 부쩍
체력이 좋아지게 되었다. 그것을 바탕으로 아침에 돌리는 신
문 배달하는 양을 늘려 나갔다.

　한 달이 지났을 무렵 그 양은 두 배 이상이 되었지만 소모
되는 시간은 비슷했다.

　자신에게 일어나는 현상을 규명할 수는 없었지만 기준은
긍정적으로 생각했다. 하루 한 시간의 연습이었지만 신체적
인 능력이 상승함에 따라 다른 쪽으로 돈을 벌 궁리를 하게
되었다.

"격투 계열로 한번 나가볼까?"

꿈의 세계는 기준에게 여러 변화를 가져다주었다. 학교 내에서 양아치 녀석들을 손쉽게 제압한 것도 그중 하나였다. 정확한 원인은 규명되지 않았지만 남들보다 뛰어난 힘임에는 틀림없다.

농담처럼 중얼거렸지만 진지하게 고려하고 있는 자신을 발견하곤 실없이 웃었다.

능력만 갖추면 돈을 버는 방법이 다양해진 시대에서 남을 때리며 돈을 버는 것은 내키지 않았다.

아침에는 신문 배달을 하고 저녁에는 뷔페에서 아르바이트를 한다. 늘어난 체력에 따라 일하는 효율이 늘어나 확고한 신임을 얻게 되었다.

학교생활도 어렵지 않게 이어나갈 수 있었다. 그가 학교 뒤에서 양아치 세 명을 때려눕혔다는 소문이 은밀하게 돌면서 더 이상 집적거리는 녀석은 없었다.

건드리지 않으면 가만히 있으니 굳이 자극할 필요가 없는 것이다.

덕분에 학교생활이 편해졌으니 그로서는 모든 것이 만족스러웠다.

"돈을 더 벌 수 있으면 좋겠는데. 하다못해 재혼이라도 하시면."

최근 들어 어머니의 몸이 좋지 못한 것 같아 마음이 편하지 않았다. 식당에 나가 일을 하시는 어머니는 하루 종일 고된 노동으로 집에 돌아오면 곧바로 잠이 든다.

그 모습이 안쓰러운 기준이었다. 어머니는 아직까지 고운 미색을 갖고 있어 마음만 먹으면 재혼도 어렵지 않아 보였다. 넌지시 재혼을 권한 적도 있지만 단호하게 거절했기에 그 이후로 더 권유하지 못했다.

하지만 어머니가 힘들어하는 모습을 볼 때면 학교를 자퇴하고 본격적으로 돈을 벌고 싶은 생각이 강해졌다.

아들이 대학에 가서 번듯한 직장을 갖길 원하는 어머니의 모습을 보고 있으면 함부로 행동하기도 어려웠다.

"대학이라……."

머릿속이 복잡하게 헝클어지는 기분에 인상을 찡그렸다. 살인적인 등록금부터 시작하여 적어도 이 년이라는 시간 동안 공부를 해야 한다는 사실이 썩 마음에 들지 않았다.

하지만 세상은 학벌이라는 것이 중요하고 더 나은 삶을 위해서는 필수적인 요소가 되었기에 단호히 아니라고 말하기 어렵기도 했다.

"고민 되네."

수많은 고민이 소용돌이치는 가운데 격투가의 길을 단호히 버리지 못하는 자신의 모습이 안타까웠다.

"마법이라도 익힐 수 있으면."

다양한 응용 방법을 떠올리며 아까워했다.

가능할 것 같기도 하지만 아직까지는 어려운 이야기이기도 했다.

기준이 마법에 미련을 버리지 못하는 이유는 근래 들어 일어나기 시작한 변화 때문이다.

꿈의 세계에서 벌어지는 시간의 축이 서서히 어긋나기 시작했다.

그전까지만 해도 잠에 들면 꿈의 세계에서 겪는 시간은 정확히 하루였다. 하지만 유델의 감정을 느낄 수 있게 되면서 시간의 축은 일정한 범위 내에서 자유롭게 바뀌었다.

짧으면 반나절이고 길면 사흘이라는 시간을 꿈의 세계에서 보냈다.

현실 세계에서 잠이 들면 꿈의 세계로 진입하게 되고, 유델의 시점에서 하루를 겪는다. 말이 하루지만 아침에 깨고 저녁에 잠들기까지의 시간을 말한다.

유델이 잠들면 기준의 의식 또한 사라지고 원래의 세계로 돌아오고 현실의 시간은 아침이 된다.

다른 변화는 유델과의 동화였다.

처음에는 그의 감정 변화를 자연스럽게 느낄 수 있게 되었다. 이어 시각, 청각, 촉각, 후각, 미각이 순서대로 동화되었다. 그전까지만 해도 감각의 동화가 아니라 별개의 개체로 세상을 접했다면 유델이되 기준이 되어가고 있었다.

뿐만 아니라 유델이 이룬 성취가 현실에서 자연스럽게 이루어지고 있었다.

기준은 이러한 변화를 당황스러워하면서 내심 기회라 여겼다.

만약 그가 평범한 고등학생이었다면 여러 가지 잡생각이 많아 극도의 혼란을 느꼈을지도 모른다. 하지만 어린 시절부터 어머니를 도와 집안 살림을 돕고 돈을 벌어야 했기에 또래보다 성숙한 사고를 할 수 있었다.

그에게 있어 꿈의 세계는 혼란의 대상이 아니라 남들이 알지 못하는 보고이자 새로운 기회의 장이었다.

그 기회는 동시에 그에게 실망을 안겨다 주기도 하였다. 유델의 감정을 느끼게 되면서 평범한 사냥꾼으로 남고자 하는 그의 포부에서 명확한 한계를 깨닫고 말았다.

'어떻게든 마법을 배워야 한다.'

유델과 모든 감각을 공유하고 있기에 그가 마법을 배우게 되면 기준 또한 자연스럽게 마법을 익힐 수 있게 될 터였다.

기회는 어느 날 갑작스럽게 찾아왔다.

하루를 끝마치고 잠에 빠져들면서 꿈의 세계로 진입하는 것이 당연한 일과가 되었다.

자연스럽게 유델의 감각을 공유하면서 그의 감정이 머릿속으로 스며든다.

그러나 오늘만큼은 여느 날과 달랐다.

'이건? 설마!'

손가락을 꼼지락거리던 기준에게서 경악의 감정이 퍼져 나갔다. 동시에 유델의 눈이 경악으로 부릅떠졌다.

단지 예상했을 뿐이다.

감정을 느끼게 되고, 감각을 차례대로 공유하게 되면서 언 젠가 한 번쯤 이렇게 될 수도 있겠다고 생각을 한 적이 없다 면 거짓이다.

하지만 그것이 정말로 실현될 줄 몰랐다.

유델, 아니, 유델의 몸을 차지한 기준은 몸을 일으켰다. 이 리저리 몸을 움직이던 그의 눈은 경악으로 가득 차 있었다.

"내가 정말 몸을 차지하게 되다니."

상상만 해왔던 일이다.

꿈의 세계가 자신이 살고 있는 세계에서 소위 말하는 판타 지 세계라는 것을 알게 된 이후 여러 가지 생각을 차곡차곡 쌓아놓았다.

만약의 가능성이지만 자신이 유델의 몸을 차지하게 될 경 우 이곳 사람들이 할 수 없는 발상으로 실현할 수 있는 것이 무궁무진하였다.

그러나 막상 유델의 몸을 차지하게 되자 여러 가지 복잡한 상념으로 인해 머릿속이 텅 비어버리는 기분이다.

자신이 언제까지고 유델의 몸을 차지하고 있을지 기약이 없었을 뿐만 아니라 이곳에서 평민 출신인 자신이 어디까지 해낼 수 있을지 체감이 되지 않았다.

창문으로 향한 기준은 시간이 새벽인 것을 깨닫고는 옷을 챙겨 입었다.

"일단 내가 할 수 있는 일을 해야 하는 거겠지."

수많은 생각이 소용돌이치며 혼란을 안겨다 주었지만 한 가지 사실만큼은 절대 잊어버릴 수 없었다.

그것은 그가 유델에게 실망한 것이기도 하며, 또 하나의 기회가 될지도 모르는 일이었다. 몸을 차지하면 가장 먼저 행동하고자 했던 것이기도 하다.

집을 나선 기준은 곧바로 산을 탔다.

그가 향하는 곳은 유델이 한 번 방문한 적 있는 던전이었다.

당시 그는 눈앞의 기연을 포기하는 유델의 행동에 실망을 감추지 못했다. 눈앞의 기회를 보고도 잡지 못하는 행동이 답답했고, 신분의 한계를 명확히 긋는 것 같아 안타까운 마음이 들기도 했다.

던전 입구에 도착한 기준은 망설이지 않고 안으로 들어갔다.

사방이 어두컴컴했지만 기연에 몸이 달은 그의 걸음은 거침없었다. 얼핏 보면 작은 산짐승이 살 법한 동굴이었지만 안으로 들어가면 기연이 도사리고 있는 곳이다.

"아……."

유델의 시야를 빌려 보기만 했던 광경을 직접 보게 되자 기준의 입에서 탄성이 흘러나왔다.

사람의 눈을 사로잡는 모습에 홀린 표정의 기준이 한 걸음씩 다가갔다.

정신을 차렸을 땐 그의 눈앞에 검이 자리하고 있었다.

그의 시선이 자연스럽게 향한 것은 유델을 단념하게 만들었던 검 앞의 패였다.

[목표가 있는 자, 꿈이 있는 자, 신념이 있는 자, 뽑아라.]

보는 것만으로 영혼을 자극하는 강렬함이 느껴졌다. 믿을 수 없는 사실이지만 기준은 그것이 생전의 검호의 힘이라 여겼다.

검을 다루는 자 중 인간의 한계를 초월하여 가히 신의 경지에 근접한 자가 존재한다고 들었다.

그들의 일격에 산과 바다를 가르는 것은 물론 영혼마저 갈라 상대를 영원한 죽음에 이르게 만든다고 들었다.

"유델이 왜 물러났는지 알 것 같군."

검에 욕심이 났을 테지만 눈앞의 패를 보는 순간 영혼을 옥죄는 강렬한 압박감을 느꼈을 것이 분명했다.

기준 또한 그것을 보는 순간 여태껏 느껴보지 못한 강렬함을 느꼈다.

하지만 그것뿐이었다.

유델이 물러섰던 것은 패에서 느껴지는 강렬함이 아니라 검호의 의지가 전하는 목표가 있는 자, 꿈이 있는 자, 신념이 있는 자에 해당하지 못해서 그렇다.

"하지만 난 달라."

스스로 납득시키듯 중얼거리는 기준의 두 눈이 새파랗게 빛났다.

어릴 적 아버지를 여의고 어린 두 여동생과 힘겹게 일하는 어머니를 보아오며 자라온 그다.

아무리 어려운 일이 있어도 자신에게 한 가닥 기대를 품고 살아가시는 어머니와 자신만 바라보는 두 여동생을 보며 포기하지 않는 삶을 살았다.

매일 한계를 넘나드는 어려운 삶이었지만 버텨내며 살아갈 수 있었던 것은 내일이라는 희망이 존재했기 때문이다.

그 희망은 누구도 줄 수 없다. 오로지 자신이 쟁취하여 따내는 것이기에 기준은 유델처럼 이 기회를 부담으로 여기지 않고 자신에게 찾아온 절호의 것으로 생각했다.

"목표? 꿈? 신념? 다 필요없어. 내게 필요한 것은 힘, 그것뿐이야."

흔들리지 않는 표정으로 손을 뻗은 기준은 검을 움켜잡았다.

그러기가 무섭게 푸른빛이 발산되기 시작하더니 점점 강렬해지며 공동을 뒤덮기 시작했다. ━

시야를 앗아갈 정도로 강렬한 푸른빛에 인상을 찡그리며 눈을 감았지만 검을 잡은 손의 힘은 풀지 않았다.

잠시 후, 빛이 옅어지며 시야를 회복한 기준은 검을 잡은 손에 힘을 주었다.

스르릉 하는 소리가 들리며 뽑힌 검의 검신은 짙푸른 빛을 띠고 있었다.

홀린 듯 바라보는 그의 두 눈에 황홀함이 서렸다.

"아름다워."

사람의 혼을 앗아가는 검의 모습은 그 자체만으로 탐욕을 자아냈다.

정신없이 검을 바라보던 기준의 귓가에 바스락거리는 소리가 들려왔다. 소리의 진원지를 향해 시선을 옮기니 그의 발치에 작은 먼지가 널브러져 있었다.

긴 세월 동안 검을 지탱하고 있었을 언덕은 먼지로 부서지고 있었다. 움푹 파이는 곳에서 내려온 그는 먼지 틈 사이로 여러 권의 책을 보고 놀란 표정을 했다.

"책이라고?"

다가간 그는 먼지를 털어버리고 책을 살폈다.

세 권의 책은 기연을 증명이라도 하듯 검술서와 검술 교본, 마나 연공법이었다.

환한 표정을 지은 그는 공동 한쪽에 앉아 곧바로 책을 펼쳐 들었다.

"아······!"

책을 읽는 순간 그의 입에서 자연스럽게 탄성이 흘러나왔다.

그가 얻은 검은 고대 시대의 유물로, 기사시대에 존재하던 검이다. 마법의 정화라 불리는 마도공학이 집결된 검은 검을 다루는 자로 하여금 마나를 끌어들이고 효율적으로 활용할 수 있게 도움을 주는 역할을 하였다.

가장 먼저 체내에 마나를 끌어들이는 마나 연공법 책을 살피던 기준의 두 눈에 짙은 흥미가 자리했다.

"무공이랑 비슷한 면이 있구나."

유델이 공부했던 것과 책에 적혀 있는 마나 연공법은 크게 다르지 않았다.

이곳의 마나 연공법은 달리 보면 무협의 심법과 비슷한 면이 있었다. 다른 점이 존재한다면 이곳의 마나 연공법은 무협에서 말하는 동공만이 존재한다는 것이다.

그 이유를 모르고 있던 기준은 이곳의 마나 분포도가 무협 세계보다 풍부했기에 동공으로 충분했을 것이라 판단하며 마나 연공법에 대한 개념을 정리했다.

마나를 체내에 끌어 모으기 위해서 정해진 움직임으로 검을 휘두르는 것이 마나 연공법이다.

정신을 집중하고 검을 휘두르면 대기에 존재하는 마나가 자연스럽게 의지를 따라 움직이게 되는데, 수많은 움직임 속에서 오랜 세월 이루어진 시행착오 끝에 마나를 체내에 끌어모으는 효율적인 움직임을 만들어낼 수 있었다.

그것이 바로 마나 연공법이다.

마나 연공법은 검술과 밀접한 연관성이 존재했다. 마나를 체내로 끌어 모으는 것이 끝이라 생각하기 쉽지만 기사시대 검호들은 체내에 존재하는 마나를 효율적으로 활용하기 위해 연구했다.

그래서 생각해 낸 것이 마나 연공법과 검술의 일체였다.

마나 연공법이 마나를 끌어들인다면 검술은 마나를 효율적으로 활용하는 것이 가능했다.

마나의 자유로운 수발을 위해 체내에 마나 로드를 개척하기 시작했고, 불필요한 마나를 끌어다 씀으로써 적은 양으로 큰 효과를 발휘하게 되었다.

이러한 수법은 이곳의 개념과 무협 소설의 무공 개념과 비슷하여 놀랍기도 하면서 이해하기 어렵지 않았다.

"이런 게 있을 줄은 몰랐는데."

정신없이 마나 연공법 책을 본 기준은 참지 못하고 곧바로 검을 들었다가 자리에 앉았다.

당장에라도 마나 연공법을 익히고 싶었지만 백여 가지가 넘는 동작을 단번에 외우기에는 무리가 따랐다. 몇 번이고 반

복해서 마나 연공법의 개념을 정리한 뒤, 검술편을 보려던 그
는 한숨을 내쉬었다.

"후! 시간이 늦은 것 같네."

새벽이 지나 아침이 되었다면 가족들이 걱정할 게 분명했
다.

자신의 가족이 아니었지만 유델이 느끼던 감정까지 고스
란히 느꼈기에 가족으로서 정이 존재했다. 책과 검을 챙겨 든
그는 해가 중천에 떴음을 확인하곤 곧바로 집으로 내려왔다.

그러자 나무를 패고 있는 건장한 체격의 중년인이 그를 반
겼다.

"어딜 갔다 오는 것이냐?"

"수련 겸 해서 산에 다녀왔어요."

"그래? 흐음, 그 검은 뭐고?"

유델의 아버지 필립은 기준이 들고 있는 검을 보고 의아한
표정을 지었다.

"산에서 주웠어요. 골동품으로 쓸 만한 것 같아서요."

"그럴 수도 있겠지. 네 일은 스스로 할 수 있을 테니 알아
서 하도록 해라."

"네, 알겠습니다. 바로 옷 갈아입고 도와드릴게요."

속으로 안도의 한숨을 내쉰 기준은 도망치듯 집 안으로 들
어갔다.

장작 패는 것을 도운 기준은 아버지 필립과 함께 아침을 들었다. 어머니는 왕성한 그의 식욕에 놀랐지만 이제 다 커서 어른 몫을 한다며 오히려 좋아하셨다.

그 모습이 기준에게는 무척 낯설었다.

기억을 갖기 시작할 무렵부터 그에게는 아버지가 없었다. 그리고 가족을 부양하기 위해 어머니는 매일같이 일을 나가셔야 했다.

생계에 보탬이 되고자 일찍부터 아르바이트 노선에 뛰어든 기준에게 있어 가족 간의 화목한 분위기는 간질간질한 느낌을 가져다주었다.

'나쁘지는 않지만 내 것 같지는 않아.'

단란한 가정 분위기는 마음을 편안하게 만드는 힘이 있었지만 그것이 자신의 것이 아니라는 게 문제였다.

이 행복은 유델의 것. 마땅히 그가 누려야 하는 것이고 이방인인 자신의 것이 아니라는 점은 확실했다.

그래서 기준의 결심은 확고했다.

이곳에서 얻은 기연을 확실하게 얻어내어 자신은 물론이고 유델에게도 도움이 될 수 있는 방향으로 일을 추진하겠다는 점이다.

"후우!"

양심에 찔렸지만 그것이 조금이라도 유델에게 도움이 되길 바라며 스스로 납득했다.

"이거였어, 마나를 느낀다는 것이?"

사흘 동안 기준은 마나 연공법의 움직임을 외우고 처음으로 마나 연공법을 펼친 기준은 희열에 휩싸여 몸을 떨었다.

어린 시절부터 필립의 수련으로 마나를 느낄 수 있는 기감이 열려 있는 유델의 신체였다. 기본 바탕이 만들어졌기에 마나 연공법을 익히는 것은 어려운 일이 아니었다.

감각을 공유하고 있지만 마나라는 것이 어떤 것인지 구체적으로 감을 잡지 못하던 그는 마나 연공법을 펼침으로써 어떤 기분인지 확실하게 깨달을 수 있었다.

막혀 있던 전신의 구멍이 뻥 뚫리며 동반하는 상쾌함은 맹세코 단 한 번도 느껴보지 못한 쾌감이었다.

체내로 밀려드는 마나는 강렬한 파도와도 같았다. 연이어 몰아치며 불순물을 밀어내고 정순한 기운으로 가득 채워 나가면서 모든 것을 해낼 수 있을 듯한 자신감을 함께하게 해주었다.

그날, 기준은 모든 것을 잊고 마나 연공법에 시간을 할애해야만 했다.

뒤늦게 귀가한 그를 보고 필립이 한 소리 했지만 마나 연공법이 주는 효능에 빠져든 기준의 귀에는 아무것도 들리지 않았다.

사흘 동안 마나 연공법에 심취하여 어떻게 시간이 흘러갔는지 자각하지 못할 정도였다.

일주일 동안 유델로서 시간을 보내고 꿈의 세계에서 벗어나고 잠에서 깨어난 기준은 웃었다.

극심한 허탈감이 그의 전신을 가득 채우고 있었다.

"허무하네."

일주일 동안 마나 연공법으로 기초를 닦아놓은 뒤 검술을 익히려던 순간에 돌아오고 말았다.

그것이 허탈했다.

이제 막 재미를 붙이려던 찰나에 강제로 멈추게 되었으니 오죽하겠는가.

멍한 시선으로 허공을 응시하던 그의 눈에 천천히 초점이 맺혔다. 일주일의 성과가 사라졌지만 머릿속의 지식이 사라진 것은 아니다.

"이걸 이곳에서 익힌다면?"

이미 현실과 꿈의 세계는 마나 분포도가 다르다는 것을 확인한 직후였다. 마나 연공법은 무림 세계의 심법과 달리 풍부한 마나 분포를 바탕으로 창안된 것이기에 효과가 발휘될 수 있을지는 미지수였다.

하지만 해보지 않고서 포기하는 것은 일렀다.

혹시나 하는 마음으로 자리에서 일어난 기준은 부지런히 준비하다가 멈칫했다. 현실에서 자신은 마나 연공법에 시간을 할애할 만큼 넉넉한 형편이 아니었다는 걸 깨달은 것이다.

열흘이었지만 유델로서의 삶은 현실의 감을 잊어버리게 만들 정도로 달콤했다.

"잊으면 안 되지. 난 유델이 아니라 한기준이다. 잊지 말자."

표정을 굳힌 뒤 자리에서 일어난 그의 표정에는 결연함마저 서려 있었다.

열흘이라는 시간이 빠르게 흘렀다. 그동안 기준의 생활에 변화가 생겼다.

마나 연공법을 외웠기에 이곳에서 마나 연공법 수련을 시작한 것이다. 목검을 구하여 본격적인 수련에 착수했지만 예상했던 것처럼 대기의 마나 분포도가 달라 마나를 체내에 쌓일 기미가 보이지 않았다.

꿈의 세계에서 쌓아놓은 마나를 토대로 운용을 해보았지만 그 양은 극히 미미했다.

"뭐든지 처음이 힘든 법이지."

사흘 동안 아무런 진척이 없자 포기할까 생각했지만 처음이 가장 힘들다는 말을 떠올리며 이를 꽉 물고 마나 연공법에 매달렸다. 그리고 열흘이 지나자 마침내 효과를 볼 수 있었다.

미미하지만 마나의 존재를 알아차릴 수 있었던 것이다.

아주 작은 발전이었지만 그것만으로 기준의 마음을 들뜨

게 만들기에 충분했다. 마나를 느끼고 그것을 체내에 쌓을 수 있는 길을 만든다면 꿈의 세계만큼은 아닐지라도 체내에 마나를 쌓는 것이 가능하다.

또 다른 변화는 더 이상 꿈을 꾸지 않게 된 점이다.

수면을 통해 꿈의 세계로 진입할 수 있었지만 지난 열흘 동안 잠에 빠져도 아무런 일도 일어나지 않았다. 기상 시간은 비슷했지만 그 어디에도 꿈의 세계로 진입하는 통로는 눈에 들어오지 않았다.

다시는 꿈의 세계로 들어서지 못할 수도 있다는 생각에 진한 아쉬움을 느껴야만 했다. 만약 마법을 익히고 이 세계에서 마법을 발현할 수 있다면 큰돈을 벌 기회가 생겼을 것임이 분명했기 때문이다.

"좋게 생각하자. 욕심은 끝이 없는 법이잖아? 나에게 이런 기연이 생긴 것도 좋은 일이야. 욕심내지 말자."

끝없이 밀려드는 욕심을 다스리기 위해 안간힘을 써야 했다. 욕심 앞에 인간이 얼마나 추해질 수 있는지 여러 번 보아 왔기에 기준의 기세는 결연하기까지 했다.

그렇게 시간은 빠르게 흘러 꿈의 세계로 들어서지 못한 지 보름이 되었다.

학교를 끝마치고 돌아온 기준은 방 안에 있는 아현의 표정을 보고 멈칫했다.

"오빠 왔어?"

"응, 그런데 표정이 왜 그래?"

"무슨 말이야? 내 표정이 어때서?"

아무렇지 않은 듯했지만 찰나에 일어난 표정 변화를 눈치챌 수 있었다. 그녀는 물론 아영마저 표정이 좋지 못한 것을 확인한 기준은 무슨 이유인지 궁금했지만 대놓고 질문하기 어려웠다.

없는 살림에 불평불만을 가급적 드러내지 않는 두 여동생이다. 예민한 시기인 사춘기에 참고 견뎌주는 것만으로도 기준은 고마움을 느끼고 있었다.

그 감정이 어느새 당연한 것처럼 여겨지자 기준은 두 여동생에게 미안한 마음이 들었다. 그리고 오늘 휴가를 가족을 위해 쓰기로 마음먹었다.

"오늘 외식할까?"

"갑자기 무슨 외식?"

"해본 지 오래된 것 같으니 외식 한번 하자고."

"괜찮아?"

"무리하지 않아도 돼요."

아현과 아영이 한목소리로 걱정을 표했다. 입가에 미소를 지은 기준은 어깨를 펴며 말했다.

"내가 그 정도도 못해줄 것 같아? 외식 한 번 하는 것 정도는 어렵지 않으니 걱정 말고 가자."

"으응."

"괜찮은데⋯⋯."

마지못해 승낙하는 아영과 달리 아현의 입꼬리는 서서히 말려 올라가고 있었다. 좋아하는 모습에 미소 지은 기준은 시간을 확인한 뒤 말했다.

"저녁까지 아직 시간이 남았으니 준비하고 있도록 해. 다섯 시에 나갈 테니까."

"알았어! 히히, 예쁘게 입어야겠다. 아영아, 가자."

"응."

걱정스러운 표정을 짓는 아영이었지만 오랜만의 외식이 나쁘지 않은 듯 아현의 손에 순순히 끌려갔다.

행복한 표정을 짓는 둘을 보며 자신이 그동안 신경 써주지 못한 것에 대해 미안함을 느껴야만 했다.

다섯 시가 되자 아영과 아현은 귀엽게 차려입고 나왔다. 옷가지가 많지 않지만 눈썰미가 좋아 시장에서 저렴하게 파는 옷으로 나름대로 꾸민 두 사람이다.

매일 보던 교복 차림과 다른 산뜻한 모습에 기준이 미소 지었다.

"이렇게 보니까 귀여운데?"

"헹! 내가 우리 중학교 마스코트라고!"

"마스코트는 무슨. 귀여워서 봐줬다."

"헤헷! 오빠도 귀여운 걸 아는구나?"

평소라면 강하게 반발했을 테지만 외식은 통통 튀는 여동생을 고분고분하게 만드는 힘이 있었다.

밖으로 나온 세 사람이 향한 곳은 인근에 위치한 시장이었다.

외식이라기에 잔뜩 기대한 둘은 시장으로 향하는 기준의 모습에 어리둥절한 표정을 짓다가 살짝 실망한 표정을 하고 말았다.

시장에 먹을 곳이라고 해봐야 분식집, 혹은 저렴한 치킨이 전부였던 것이다. 그것으로도 평소와 다른 기분을 낼 수는 있지만 외식이라는 거창한 이름에 비해 실망스러운 면이 있는 것이 사실이다.

하지만 둘의 예상은 산산조각 났다.

기준이 도착한 곳은 분식집도 치킨집도 아니었다. 옷 가게 앞에 도착한 그는 두 여동생을 안으로 이끌었다.

"들어가자."

"엥?"

"오, 오빠, 여긴 왜?"

"중학교 입학한지 시간이 꽤 흘렀는데 신경 써주지 못한 게 미안해서 사주는 거야."

사실 기준은 두 여동생이 왜 그렇게 어두운 표정을 짓는지 알지 못했다. 하지만 밖으로 나오고 시장에 들어오면서 둘이 왜 그런 표정을 지었는지 어렴풋이나마 깨닫게 되었다.

다른 사람의 옷을 하염없이 바라보는 모습을 보고 아무것도 깨닫지 못한다면 눈치를 팔아먹은 것만도 못하리라.

그제야 둘의 시무룩한 표정이 무엇인지 깨달은 기준이었고, 여동생들의 기를 세워주고자 출혈을 각오하고 옷 가게로 향한 것이다.

사려 깊은 두 여동생은 그마저 순순히 납득하지 않을 것임이 분명했기에 입학 선물이라는 그럴싸한 명분을 만들어야 했다.

'피곤하게 굴긴.'

선물을 하기 위해 이유까지 만들어야 했지만 기준의 입가에는 미소가 맺혔다. 그리고 한편으로는 미안했다. 많은 것을 해주고 싶었지만 그럴 수가 없는 자신의 무능력함이 원망스럽기도 했다.

도착한 이곳도 중고등학생들이 좋아할 법한 메이커는 아니지만 디자인과 품질이 괜찮은 데 비해 가격이 저렴한 곳이었다.

"대신 너무 비싼 건 안 돼."

"알았어. 아싸! 옷이다!"

쾌활한 외침과 함께 안으로 들어서는 아현과 달리 아영은 걱정스러운 표정을 지으며 기준을 바라보고 있었다.

"정말 괜찮은 거예요?"

"괜찮아. 그러고 보니 말하지 않았구나? 이번에 아르바이트비가 올랐어. 이 정도는 해줄 수 있으니 걱정하지 않아도 돼."

또랑또랑한 두 눈을 보며 미소 지은 기준이 아영의 머리를
쓰다듬어 주었다. 어려운 형편 때문에 나이에 비해 일찍 철이
든 그녀였다. 그 모습이 든든했지만 때로는 아현처럼 어리광
을 피우는 모습을 보고 싶기도 하였다.

"이럴 땐 걱정하는 모습보다 감사하다는 말을 하고 호의에
따르는 것이 좋아. 오빠로서 한 번쯤 해주고 싶기도 했으니
말이야. 알겠지?"

"네, 감사합니다, 오빠."

"그래, 그렇게 말해야 예쁘지."

다소곳하게 고개 숙여 인사하는 아현을 보며 기준은 흐뭇
한 미소를 지었다.

옷 가게에서 옷 여러 벌을 사 든 기준은 내친김에 메이커
신발까지 사주는 출혈을 감수했다.

예상 외 지출이기는 했지만 전혀 아쉬움이 없었다. 이 작은
사치는 그가 스스로에게 주는 상이었다. 꿈의 세계에서 이 세
상 누구도 갖지 못한 마나 연공법을 갖게 되었고 남들보다 월
등해진 체력을 바탕으로 더 많은 것을 해낼 기반을 마련하게
되었다.

지금은 궁핍하지만 앞으로 더 많을 것을 해낼 수 있을 거란
자신감이 생겼고, 무관심했던 여동생들에게 관심을 가질 수
있는 계기를 만들었다.

패밀리 레스토랑에서 저녁을 해결한 뒤 두 여동생에게 왕 대접을 받는 기준의 입가에 흐뭇한 미소가 맺혔다.

힘들지만 오빠 노릇이라는 것이 전혀 나쁜 것만은 아니었다.

제
3
장

운명의 교차점

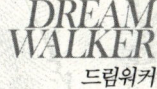
DREAM
WALKER
드림워커

　두 여동생에게 큰 씀씀이를 보이며 왕 대접을 받았지만 후
폭풍은 강렬했다.

　용돈으로 쓸 돈을 대부분 써버린 기준은 준비물 마련할 돈
조차 부족한 것을 느끼며 혹독한 생활고를 겪어야만 했다.

　마나 연공법을 토대로 마나를 사용할 수 있게 되면 어떻게
활용할지 연구를 해보았지만 신체적인 능력으로 해낼 수 있
는 것이 그리 많지 않았다.

　아직 학생이라는 틀에 갇혀 있기에 그런지도 몰랐다.

　'막노동을 하기도 어려워. 학교를 그만두지 않는 한 돈을
벌 기회는 많지 않겠어.'

며칠 동안 고민한 끝에 내린 결론이었다. 결국 그가 내린 결정은 학교를 졸업하기 전까지 지금 상태를 유지하자는 것이었다.

어머니가 바라는 것은 좋은 대학에 가서 번듯한 직장을 다니는 것이지만 평범한 사람과 궤를 달리하기 시작했기에 다른 길을 걸어야만 했다.

마법을 익혔다면 사업을 구상했을 수도 있겠지만 지금 믿을 수 있는 것은 마나 연공법을 바탕으로 한 신체 능력뿐이었기에 답답함을 느껴야만 했다.

'다시 갈 수 있으면 좋을 텐데.'

생각할수록 꿈의 세계에 대한 아쉬움이 커져가기만 했다.

하지만 눈을 떴을 때 낯설면서 익숙해진 풍경에 기준은 당황한 감정을 감출 수 없었다. 지금 일어나고 있는 상황이 그에게 난감함을 느끼게끔 했다.

'어째서?

저번과 다른 느낌.

유델의 몸을 차지하면서 머릿속으로 그의 기억이 물밀 듯이 밀려오고 있던 것이다.

"으으."

유델의 기억이 머릿속을 파고들면서 강렬한 두통이 느껴졌다.

처음 세상을 자각했을 때부터 시작하여 용병이었던 아버지를 따라 각지를 돌아다녔던 기억, 마을에 정착하여 아이들과 어울려 놀던 기억, 마을 제일 사냥꾼인 아버지를 동경하여 수련하던 기억.

유델이 살아왔던 모든 기억이 기준의 머릿속에 차곡차곡 쌓여갔다.

그 과정은 기준에게 있어 헤아릴 수 없는 강렬한 고통을 선사했다.

어찌나 고통이 심했는지 입에서 앓는 소리만 흘러나올 뿐 비명조차 지를 수 없었다.

짧은 찰나의 순간마저 억겁처럼 느껴졌다.

가위에 눌린 것처럼 의식은 존재하되 몸이 통제에 따르지 않았다.

간헐적으로 몸을 떨며 고통을 표현하던 유델의 몸짓이 잦아든 것은 날이 밝아올 무렵이었다.

처음에는 손가락을 꼼지락거리다가 점점 감각이 찾아오자 절로 신음이 흘러나왔다.

"으으으."

움직이고 싶은 마음이 굴뚝같았으나 육체는 통제에 따르지 않았다. 그 상태로 한동안 가만히 있던 유델이 움직일 수 있게 된 것은 한참의 시간이 흐르고 나서였다.

"하아! 하아!"

조심스럽게 주먹을 움켜쥐었다 편 뒤 자리에서 일어나 숨을 몰아쉬었다. 고통이 가시자 머릿속이 복잡하게 헝클어지기 시작했다.

가장 큰 화두는 주체가 되는 자신 한기준과 유델의 상관관계였다.

"난 한기준이야. 그럼 유델은? 나와 유델은 다른 사람 아니었나?"

수없이 반문했지만 답은 나오지 않았다.

그저 머릿속이 복잡할 뿐이었다.

그것은 마치 중학생 때 겪었던 자아정체성 혼란처럼 유델은 자신이 현대 세계에서 살아가는 한기준인지 아니면 이 세계의 구성원인 유델인지 확신을 내리지 못했다.

불과 방금 전까지만 해도 한기준과 유델은 별개의 존재였다. 각기 현대 세계와 이곳에서 다른 존재로 살아가던 둘의 접점은 기준이 꿈을 통해 유델의 삶을 겪는 일방통행적인 면이 강했다.

기준은 유델의 존재를 깨닫고 그가 자신과 별개의 존재라 생각했지만 유델은 기준의 존재 자체를 모르고 있었다.

그러다 벌어진 두 기억의 합일은 정체성의 혼란을 가져다주었다.

기준은 밀려드는 유델의 기억에 당혹스러움을 느끼는 정도였지만 육체의 주인인 유델은 달랐다.

생전 들도 보도 못하던 기준의 존재가 자신의 기억 속으로 밀려들어 오자 극심한 혼란을 느꼈다.

　어릴 적 사냥꾼인 아버지를 동경하여 사냥꾼이 되고자 했던 유델은 오로지 한길만 보고 일로 정진한 소년이었다.

　현대 세계 청소년기에 겪는 자아정체성 혼란 따위는 그에게 존재하지 않았다. 하지만 기준의 기억은 걷잡을 수 없는 혼란을 가져다주었다.

　"난 한기준이다. 그리고 이곳에서는 유델이다. 달라지는 건 없어. 달라지는 건."

　두 개의 기억 속에서 우위를 점한 것은 기준이었다. 이미 유델의 삶을 지켜보았고 그의 존재에 대해서 알고 있었기에 기준은 유델을 포용하는 것이 가능했다.

　그에 반해 기준의 존재에 면역이 전혀 존재하지 않은 유델의 기억은 정신의 붕괴를 막고자 기준의 테두리 안에 들어가는 것을 선택했다.

　"후우."

　간단하게 정리할 수 있는 상황이 아니었지만 기준은 그렇게 스스로를 납득시켰다.

　어릴 적부터 힘든 삶을 살아왔기에 빠르게 변화하는 환경에 적응하지 않으면 안 됐다. 그랬기에 기준은 급변하는 주변 환경을 받아들이는 데 탁월했다.

　당혹스러움이 사라지는 것은 아니었지만 현실을 납득하니

한결 마음이 편해진 기준은 눈을 감고 확신을 내리듯 말을 이어나갔다.

"이곳에서 난 유델이다. 달라지는 건 아무것도 없어."

복잡한 생각을 털어내고자 자리에서 일어난 그는 집을 나섰다.

잡생각이 많을 땐 몸을 피곤하게 만드는 것이 가장 효과적이다. 곧장 비밀 장소인 공동으로 향한 그는 몸을 가누기 힘들 정도까지 수련에 매진하다가 산을 내려왔다.

저녁을 먹고 곧바로 잠자리에 들었던 유델은 아침 일찍 일어났다.

어제까지만 해도 깨질 듯이 아프던 머리는 괜찮아져 있었다.

하지만 그것뿐, 여전히 정리가 되지 않은 생각은 시간을 필요로 했다.

집 밖으로 나온 유델은 장작을 패고 있는 필립을 발견하곤 다가가 인사를 건넸다.

"일어나셨어요?"

"그래, 요즘 매일같이 바쁘게 움직이더니 무슨 일이라도 있는 것이냐?"

"아, 수련을 열심히 하느라고요."

"그래? 열심히 해서 나쁠 건 없지. 하지만 사냥에 있어 중요한 건 경험이란 걸 알아야 된다."

통명스러운 모습이었지만 유델은 감회가 새로웠다.

기준의 어린 시절 아버지는 목숨을 잃었다. 어릴 적 그가 가장 먼저 본 것은 생활고로 힘들어하는 어머니의 모습이었다.

그 모습을 보고 자라온 그는 감히 불만을 표현할 수 없었다.

어떻게든 어려운 생활을 벗어나고자 했고, 지금과 같은 상황에 처하게 만든 아버지를 원망하기도 했다.

아버지가 없는 것과 달리 이곳에서는 아버지와 어머니가 모두 존재했고 생활 또한 풍족했다.

부족하지 않은 가정에서 자라난 유델의 성격은 밝고 구김살이 없어 기준의 원래의 성격과 상당 부분 달랐다.

그래서일까?

필립을 대하는 유델의 태도에는 떨쳐내지 못한 어색함이 묻어 있었다.

"뭐하냐? 할 일 없으면 장작이나 패."

"아, 네. 그럴게요."

도끼를 집어 든 유델은 장작을 패기 시작했다. 마나 연공법을 익히면서 체내에 쌓인 마나는 운용하지 않았음에도 신체 능력을 강화시켜 주는 효과를 발휘했다.

결을 정확하게 내리찍을 때마다 장작은 이등분이 되어 바닥이 놓였다.

"수련을 헛되지 하지 않았구나."

"그렇죠, 뭐."

"어디서 기연이라도 얻은 것 같은데……."

필립의 말에 유델은 가슴이 철렁 내려앉았다. 그와 동시에 머릿속이 복잡하게 헝클어졌다.

두 사람의 기억을 동시에 갖고 있다고 하나 필립은 유델의 아버지다. 하나뿐인 믿을 사람임에도 불구하고 기준의 자아는 경계를 표하고 있었던 것이다.

'말을 할까?'

용병의 삶을 살아온 필립이라면 마나 연공법에 대한 이해도가 빠를 것임이 분명했다. 실력도 지금보다 진보할 것이기에 가르치면 괜찮을 것 같다는 생각을 했지만 고개를 저었다.

유델은 납득할지 모르나 아직까지 필립이 아버지라기보단 유델의 아버지라는 느낌이 강했다.

"기연은 무슨, 그냥 열심히 수련해서 그래요."

"수련이 배반하는 법은 없지. 하지만 수련도 실전과 조화가 되어야 가장 큰 힘을 발휘할 수 있다는 걸 알아라."

"네, 명심할게요."

장작을 팬 뒤 아침을 먹은 유델은 곧바로 공동으로 향했다. 마나 연공법을 숙달시켰으니 이제 검술을 익힐 차례였다.

유델이 익히는 마나 연공법은 마나를 끌어들이는 것으로 임무를 완수하는 지금 시대의 것과 달리 마나를 운용하여 검술과 일치시키는 역할까지 맡고 있다.

그리고 검술 또한 최강의 기사는 존재할 수 있지만 최강의 검술은 존재할 수 없다는 모토 아래 창안된 것이다.

기본 검술이되 고급 검술이기도 한 고대 검술은 뚜렷한 특징을 띠고 있는 각 명문가의 검술과 달리 기초적인 틀을 제시하고 스스로 길을 개척하는 것을 유도했다.

검술을 익히는 사람에 따라서 검의 특성은 무한히 달라질 수 있다.

힘을 내세우는 자, 민첩함을 내세우는 자, 경험을 내세우는 자 등 수많은 특성이 검술을 발휘하는 시전자에 따라 달라지기에 고대 시대에서는 함부로 검술의 방향을 단정 짓지 않았다.

유델이 익힌 검술은 거대한 틀에 속했다.

철저한 기초 단련을 바탕으로 검술을 익히는 자로 하여금 자신의 특징을 깨우치게 유도하였기에 검술을 익히면 익힐수록 자신에게 필요한 것이 무엇인지 깨닫게 되었다.

수백 개의 검초 속에서 자신만의 검술을 창안하는 메리트 또한 존재했다.

"속도인가."

폭발적인 힘이 나오는 근육이 많지 않았기에 유델의 검술 방향은 민첩함에서 비롯되는 속공이 주류를 잇게 되었다. 실전 검술을 익힌 그의 검은 일정한 형식보다 상대의 빈틈을 노리는 형태로 발전했다.

검술을 익히고 마나 연공법을 익힘에 따라 그가 가진 특징
은 점점 뚜렷해지고 있었다.

유델은 자신의 변화를 긍정적으로 받아들였다.

두 개의 기억이 섞이면서 정신적인 혼란을 느끼고 있을 시
기였다.

그것을 혹독한 육체 단련으로 털어냄으로써 수련에 몰두
하고 나아가 충돌하는 두 개의 기억을 훌륭히 융화시키는 결
과를 낳았다.

나날이 발전하는 자신의 모습을 보는 것도 하나의 즐거움
이었다.

필립은 하루가 다르게 발전하는 아들의 모습을 보며 평가
를 재조정했다.

"본격적으로 사냥을 데리고 가도 되겠어."

아직은 어리다고 판단하여 산짐승 사냥에는 참가시켰지만
몬스터 사냥에는 데리고 다니지 않던 그다. 하지만 성인이 멀
지 않은 아들을 보면서 본격적인 실전 경험을 쌓게 해줘야겠
다고 생각하게 되었다.

오늘도 수련을 마치고 집으로 돌아온 유델을 반긴 것은 가
족뿐만이 아니었다.

갈색 머리에 귀여운 외모를 가진 소녀가 초롱초롱한 눈으

로 유델을 바라보고 있었다.

"유델!"

"아아!"

낯선 소녀의 모습에 의아한 표정을 짓던 유델은 자연스럽게 떠오르는 그녀의 정체에 어색한 미소를 지었다.

소녀의 이름은 에이미.

백 가구도 되지 않는 산골 마을에서 가장 예쁘다고 평가받는 소녀.

촌장의 딸이기도 한 그녀는 궁핍한 산골 마을 출신답지 않게 밝은 성격을 지니고 있어 주변의 귀여움을 독차지했다.

그리고 일찍이 유델과 함께 혼인을 약속한 사이이도 하다.

에이미 아버지인 촌장과 필립은 마을에서 절친한 사이였기에 비슷한 연령대의 자식들을 맺어주기로 약속했던 것이다.

에이미는 아버지의 그 제안을 긍정적으로 받아들였다. 필립은 마을 제일 사냥꾼이고 집안에 제법 돈을 모아두었음도 알고 있다.

언제고 마을을 벗어나 화려한 도시에서 살길 희망하는 그녀였기에 유델은 자신에게 가장 어울리는 짝이라 생각했다.

무엇보다 유델 또한 마을 내 또래 중 가장 뛰어난 실력을 지니고 있다.

호리호리한 몸으로 인해 얕볼 수도 있지만 체술과 검술을 익혔고, 산짐승 사냥을 통해 실전을 경험한 유델은 또래 중에서 그녀를 지켜줄 수 있는 유일한 남자였다.

몬스터의 침입에 노출된 마을에서 제일 매력적인 혼처는 가정을 지킬 수 있는 강한 남자였다.

집안도 부유한 편이고 강한 힘을 지닌 유델은 마을에서 가장 예쁜 자신의 남편감이라고 생각한 그녀였다.

유델 또한 그녀에게 호감을 표했기에 지금과 같은 반응은 실망을 사기에 충분했다.

"뭐야, 내가 반갑지 않은 거야?"

"반갑지. 갑작스러워서……."

"오랫동안 보지 못한 것 같아서 보러 왔어. 요즘 바쁜가 봐?"

"그런 편이야, 수련 중이라서."

무뚝뚝한 모습에 서운함을 느낀 에이미가 입을 삐죽 내밀었다.

"그래도 아무 소식이 없는 건 너무했어."

"미안. 급한 거라서."

"그렇게 말하면 내가 뭐가 돼?"

예쁨을 받고 자란 에이미는 독단적인 면이 강했다. 그리고 자기 기준으로 판단을 내리는 버릇이 있었다.

유델에게 있어 수련은 일상이었지만 에이미는 혼인을 약속한 그가 자신에게 좀 더 관심을 가져주길 바랐다. 하지만 뜻대로 되지 않자 서운함이 물밀 듯이 밀려왔다.

"미안. 식사부터 하자. 배고프네."

"칫!"

전혀 진심이 담겨 있지 않자 에이미는 표정을 찡그렸다.

그 모습을 지켜보던 필립이 기어코 한마디 했다.

"유델, 모처럼 에이미가 왔는데 그 태도가 뭐냐."

"죄송해요."

"앞으로 좀 더 상냥하게 대해주도록."

"알겠습니다. 미안해."

"알았으면 앞으로 잘해."

정중하게 사과를 하자 그제야 못 이기는 척 사과를 받아주는 에이미였다.

하지만 그녀에게 아무런 관심이 없던 기준의 자아는 그 모습을 무척 불쾌하게 받아들였다.

"마나 연공법을 무공처럼 할 수 있도록 해야겠어."

고대 시대를 훗날 사가들은 기사시대라 부를 정도로 마나 연공법과 검술이 발달한 시기였다. 전설이지만 당시에는 인간의 영역을 넘어선 그랜드 마스터가 실존했다고 할 정도로 기사들의 실력이 뛰어났다.

유저, 엑스퍼트, 마스터를 넘어 그랜드 마스터의 경지에 다다른 기사는 만부부당이라는 말이 아깝지 않을 정도로 최강의 신위를 발휘한다.

고대 시대가 종말을 고하고 마도시대가 멸망하게 되면서 문명의 암흑기를 보낸 뒤 지금에 이르렀다.

앞선 두 시대의 유물을 출토하여 복원에 성공한 뒤 마나 연공법과 마법이 눈부시게 발전했지만 아직까지 이전 시대를 따라잡기에는 무리가 있었다.

유델이 얻은 마나 연공법과 검술은 고대 시대의 것으로 활용도가 무궁무진했다. 거기에 이 세계가 아닌 현대 세계의 기억을 가진 기준이 함께했기에 응용의 폭은 더욱 넓었다.

특히나 예전부터 판타지와 무협의 차이를 논하면서 '왜 마나를 무공의 기처럼 다루지 못할까? 라는 의구심을 가졌던 기준은 마나 연공법을 무협 소설의 심법처럼 활용하여 마나를 수족처럼 다루고자 했다.

"가능해."

마나 로드를 개척하여 마나의 순환이 자유로워지고 일정 수준에 다다르면 그것을 오러로 발현할 수 있게 된다.

유델이 원하는 것은 마나를 자유롭게 다룰 수 있는 능력이다.

체내에 원하는 방향을 향해 자유자재로 다룰 수 있다면 적은 양의 마나를 효율적으로 활용할 수 있게 될 것임이 분명했다.

마나 연공법에 매진한 지 얼마 되지 않았지만 워낙 효율이 좋고 연구를 게을리하지 않았기에 마나의 순환이 점점 자유로워지고 있었다.

"어려워. 하지만 가능해."

무기를 통해 오러를 발현하는 게 손보다 쉬운 것은 예기가 흐르는 방향으로 마나를 유도하는 것이 쉽기에 그렇다.

그에 반해 주먹은 예기가 존재하지 않아 마나 컨트롤의 정교함과 보다 많은 양의 마나를 필요로 한다.

그가 가장 먼저 하고자 하는 것은 검이 아닌 주먹으로 오러를 일으키는 것이었다.

높은 곳에서 아래를 내려다보는 것과 낮은 곳에서 높은 곳을 바라보는 것에는 차이가 존재한다.

주먹으로 오러를 발현하면 다른 무기에 오러를 발현하는 것은 어렵지 않은 것이 된다. 쉬운 것에 맛을 들이면 어려운 것을 하기 힘들지만 어려운 것을 해내면 다음의 어려운 것도 두려움없이 맞설 수 있다.

체내에서 자유롭게 순환하는 마나를 컨트롤하며 조금씩 응축시키기 시작했다.

우웅! 우우웅!

강렬한 공명음이 울려 퍼지며 주먹이 격렬하게 떨려왔다.

"큭!"

덜 개척된 마나 로드에서 통증이 느껴졌지만 유델은 개의치 않았다.

그가 원하는 것은 주먹으로 오러를 일으키는 것뿐.

검이 팔의 연장선상이라면 먼저 손으로 오러를 일으키면 연장선상의 일은 당연한 것이 된다.

'내보내고 응축한다. 하지만 손은 감싸고 응축하는 게 맞아.'

주먹은 검같이 강도가 세지 않다. 검과 주먹이 부딪치면 베이는 것은 당연히 주먹이다.

하지만 오러에 감싸여 있는 주먹이라면?

강도 조절에 따라 능히 검과 맞설 수 있게 될 것이다.

유델이 노리는 것은 오러를 체내에 응축시킴으로써 위기 상황에 신체를 보호하고 맨손으로도 적과 싸우기 위함이었다.

고지를 향해 한 걸음씩 다가가는 것처럼.

주먹에 오러를 발현하기 위해 유델은 하루도 게을리하지 않고 노력을 기울였다.

그리고 마침내 노력이 빛을 발했을 때, 안에서 응축된 오러는 답답한 숨통에서 해방되는 듯이 봇물처럼 터져 나왔다.

콰콰콰콰!

"아아."

짧은 순간이지만 두 주먹에 어린 푸른빛을 본 유델의 얼굴에 감격스러움이 묻어 나왔다.

주먹으로 오러를 발현할 수 있으니 검 같은 무기로 오러를 일으키는 것은 어려운 일이 아니었다.

만족의 미소를 지은 유델은 집으로 향했다.

그가 유델이 된 지 석 달째 되던 날 일어난 일이었다.

잠에서 깨어나자 그를 반긴 것은 익숙하지만 낯설게 느껴지는 방 안이었다.

몸 하나 간신히 뉘일 수 있는 잠자리에서 일어난 그는 한숨을 길게 내쉬었다.

"돌아왔군."

어떻게 된 연유인지 그도 알 길이 없었다.

꿈에서는 유델, 현실에서는 한기준.

관망하는 것에 불과하던 꿈의 세계에서는 유델과 하나가 되어 새로운 삶을 살게 되었다.

마나 연공법과 검술을 얻고 장족의 발전을 이루게 되었지만 구체적으로 해명되지 않은 삶은 기준에게 설렘과 혼란을 동시에 가져다주었다.

어떠한 이유로 이곳과 꿈의 세계를 오고 가는지 밝혀진 것은 없다.

한 가지 확실한 것은 다른 사람들이 간직하지 못한 비밀을 간직했다는 것.

그리고 이것이 자신에게 또 다른 기회가 될 수 있다는 점이다.

현재 자신이 체득하고 있는 것은 마나 연공법뿐이다. 그리고 이번에 새로 알아온 것은 기초 검술뿐.

꿈의 세계와 달리 마나 연공법이 제 궤도에 오르기 위해서는 상당한 시간을 필요로 했고, 검을 익히기 위한 몸도 만들어야 했다.

시작과 끝이 보이지 않는 노력을 기울여야 하는 사실이 아쉬움을 자아내게 만들었지만 기준의 표정은 밝았다.

아직까지 그의 인식은 꿈의 세계보다 이곳을 원래 자신이 살던 세계로 생각하기 때문이다.

"하루하루 열심히 하다 보면 잘 되겠지."

긍정적인 사고야말로 힘든 하루를 버텨낼 수 있는 유일한 창구였다.

아침 일찍 신문 배달을 마치고 돌아온 기준은 두 여동생을 깨운 뒤 어머니를 깨우려고 했다가 파리한 안색을 보고 깜짝 놀라고 말았다.

"일어나세요."

"벌써 아침이야?"

대답하는 음성에 힘이 느껴지지 않았다.

"괜찮으세요?"

"응? 괜찮아. 그냥 좀 피곤해서 그래."

힘없이 웃는 모습을 보며 기준은 심상치 않다는 것을 본능적으로 느꼈다.

"피곤해서 그런 게 아닌 것 같은데요?"

"아니야. 어제 잠을 제대로 못자고 일했더니 그러네."

단호히 거부하는 어머니의 모습에 기준은 한발 물러설 수밖에 없었다. 그러면서 자리에서 일어나려는 어머니를 눕히며 말했다.

"일은 오늘 쉬세요. 몸이 안 좋으신데 어떻게 나가시려고요."

"하지만 비울 수 없단다. 비우게 되면……."

어머니의 안색이 흐려졌다. 식당에 나가 일을 하는 그녀가 받는 월급은 120만 원에 달한다. 처음 80만 원에서 시작했지만 하루도 거르지 않고 출근하여 쉬지 않는 성실함을 보였기에 그나마 이만큼 오른 것이다.

하지만 신뢰라는 것이 쌓기는 어려워도 무너뜨리기는 쉬워서 한 번 무너지게 되면 그다음은 걷잡을 수 없게 된다.

아르바이트를 전전하며 간신히 안착한 직장에서 신용을 잃을 수 없었기에 그녀는 무리를 해서라도 나가고자 했다.

기준은 어머니의 모습을 보며 안이했던 자신의 태도를 자책했다.

'이런 멍청이.'

두 여동생을 챙기는 것으로 만족했던 자신의 행동에 욕이 저절로 나왔다. 아무리 자신이 옆에서 돕는다 한들 모든 압박감을 받는 것은 어머니다.

그것을 눈치채지 못한 채 안이하게 풀어진 자신의 모습에 화가 치밀었다.

그렇다고 자식을 위해 한 푼이라도 더 벌겠다고 움직이려는 그녀를 말리기가 힘들었다.

자신이 좀 더 능력이 있었더라면.

자신이 좀 더 돈을 벌 수 있었더라면.

어머니가 그토록 고집하는 학벌이라는 것과 생활고 사이에서 기준의 갈등은 깊어만 갔다.

입을 꾹 다문 기준의 고민이 깊어질 무렵 밥을 먹고 있던 아현이 다가와서 소리쳤다.

"엄마! 내가 대신 나갈게! 그러니까 오늘은 쉬어!"

"무슨 소리야? 넌 집에 와서 공부해야지."

"공부를 매일 하는 줄 알아? 엄마가 아픈데 하루 정도는 대신 해줄 수 있어."

의젓하게 말하는 아현의 모습은 평소와 달랐다. 하지만 어머니는 단호하게 고개를 저었다.

"말도 안 되는 소리 마렴. 아직 어린애가 무슨……."

"칫! 어린애 아니거든? 키도 엄마보다 크고 요즘 힘도 엄청 세졌어."

입술을 삐죽 내밀며 대답한 아현이 기준에게 눈짓하자 얼른 고개를 끄덕였다.

"아현이가 잘할 수 있다고 생각해요. 다 컸는데 하루 정도는 괜찮잖아요? 딸을 믿어봐요."

"그래도 아직 어린앤데……."

"때로는 믿어줘야 해요. 아현이가 해낼 수 있다고 하잖아요. 오늘 아르바이트 일찍 끝내고 아현이가 잘하나 보러 갈 테니 오늘은 쉬세요. 알겠죠?"

"맞아, 엄마. 괜히 아르바이트 하겠다는 말 안 할 테니 그냥 쉬어. 내일은 엄마가 하면 되잖아."

평소 두 딸이 아르바이트를 하겠다고 하면 학을 떼던 어머니였기에 아현은 그것을 파악하고 사전에 잘라 말했다.

설득을 거듭하는 아들과 당당한 딸의 모습에 갈등하던 어머니는 고개를 끄덕였다.

"그럼 오늘만 부탁할게."

"믿어! 완전 잘해서 엄마보다 잘한다는 말 들어야지."

통통 튀는 아현을 보며 어머니는 힘없이 미소를 지어 보였다.

등굣길에 나서자 아영은 걱정스러움이 담긴 표정으로 아현에게 말을 꺼냈다.

"언니, 괜찮겠어?"

"뭐가?"

"오늘 엄마 대신 일 나간다며?"

"아, 그거? 그러기로 했어. 한 번쯤 해봐야 하는 거 아니겠어?"

당찬 모습이 믿음직스러워 보일지 모르나 아영의 눈에는

걱정뿐이다.

"그래도 걱정되는데."

"걱정은 무슨! 열심히 하면 다 잘돼. 내가 그 정도도 못할 것 같아서?"

"언니가 어려울 것 같으면 내가 대신할까 싶어서 말했어."

"대신은 무슨! 넌 나보다 공부 잘하니까 확실하게 공부해 둬. 난 공부보다는 움직이는 쪽을 좋아하잖아? 사회 경험 일찍 해본다고 생각하지, 뭐."

의젓한 모습이었지만 둘은 불과 몇 분 차이를 두고 태어난 쌍둥이다.

가늘게 눈을 뜬 아영이 단숨에 말의 핵심을 짚어냈다.

"그런다고 공부 대충 할 생각 마."

"으윽! 누, 눈치챘어?"

"중간고사가 며칠 남지 않았는데 그런 말을 하니 수상할 수밖에. 성적표 나오면 엄마한테 드릴 거야."

"악! 안 돼!"

비명을 지르며 거부 반응을 보이는 아현이었지만 아영은 쐐기를 박았다.

"행여나 일을 해서 성적 떨어졌다는 말 하면 안 돼."

"망했다."

아현의 표정이 침울하게 변했다.

학교가 끝나고 곧장 아르바이트 장소로 향한 기준은 지배인에게 부탁하여 평소보다 두 시간 정도 일찍 끝낼 수 있었다.

뒷정리를 하지 않았기에 평소보다 이른 시간이었지만 기준의 발걸음은 집으로 향하지 않고 다른 곳으로 향했다.

그가 도착한 곳은 백 평 가까이 되는 커다란 기사식당이었다.

멀리 떨어지지 않은 곳에 멈춰 선 기준은 가게 안의 상황을 살펴보기 시작했다.

저녁 시간이 늦었음에도 불구하고 식당 안에는 상당수의 사람이 밥을 먹고 있었다.

대부분 나이가 지긋한 아저씨였는데 그중에서 유난히·눈에 띄는 여자아이가 눈에 들어왔다.

앳된 외모와 귀여움이 물씬 풍기는 소녀는 다름 아닌 아현이었다.

음식이 담긴 쟁반을 들고 부지런히 움직이는 그녀의 모습을 보며 기준은 우두커니 서서 지켜보았다.

아저씨들과 대화를 주고받으며 능숙하게 주문을 받고 음식을 나르는 아현의 모습은 보는 것만으로도 활기가 느껴질 정도였다.

하지만 어린 동생이 일하는 모습을 보고 있자니 마음이 좋지 않은 것도 사실이었다.

"후우."

마음이 갑갑해져 옴을 느끼며 시간을 확인한 기준은 가게 안으로 들어갔다.

"기준이 왔니?"

"안녕하세요, 아주머니."

기준을 반겨준 것은 가게 주인아주머니였다. 가족이 그나마 안정적으로 살아갈 수 있는 것이 그녀 덕택이었기에 기준의 태도는 무척 공손했다.

"그사이 또 컸네? 자주 좀 들르렴."

"네, 시간이 되면요. 아현이는 아직 일이 안 끝났나요?"

"안 그래도 방금 전 끝났단다. 지금 옷 갈아입고 있고."

"폐는 안 끼쳤나요?"

"폐는 무슨, 싹싹하고 일을 잘해서 정식으로 채용하고 싶을 정도란다. 그나저나 정란이는 괜찮니?"

정란은 어머니 이름이다. 중년의 나이지만 미색이 고와 이곳을 찾는 이들 중 상당수가 그녀를 보기 위해 몰려드는 사람들일 정도였다.

주인아주머니는 정란의 몸이 안 좋다는 소식을 듣고 걱정스러운 표정을 감추지 못했다.

기준의 표정이 찌푸려지며 고개를 저었다.

"잘 모르겠어요. 아영이가 보살피고 있는데 괜찮아지셨는지는 잘……."

"후우! 정란이가 그렇게 된 게 내 탓 같기도 하고. 마음이 안 좋네."

"곧 나아지겠죠. 걱정해 주셔서 감사합니다."

"감사는 무슨, 늘 신세 끼치는 걸."

"어, 오빠?"

도란도란 이야기를 나누는 사이 옷을 갈아입은 아현이 기준을 발견하곤 환한 표정을 지으며 다가왔다.

"오늘 잘했어?"

"완전 잘했지! 아주머니도 칭찬해 주셨다니깐."

"너 듣기 좋으라고 한 말이야. 행여나 아르바이트할 생각은 말고."

"칫! 오늘 완전 잘했단 말이야. 그렇죠, 아주머니?"

토라진 표정을 짓다가 답을 구하듯 묻자 그녀는 기준의 눈치를 보며 난색을 표했다.

"폐 끼치지 말고 가자. 오늘 감사했습니다."

"감사했습니다! 수고하세요!"

인사를 마치고 밖으로 나온 남매는 밤길을 걸었다.

5월에 접어든 날씨는 긴팔을 입기에도 반팔을 입기에도 애매했다.

말없이 걸음을 옮기던 아현은 아직 쌀쌀한 밤 날씨에 몸을 떨었다.

"으으."

"추워?"

"그런 건 아닌데 좀 무리하긴 했나 봐. 헤헷!"

이제 중학교 1학년인 아현이 여섯 시간 가까이 일하는 것은 중노동이었다. 기준에게 호신술을 배웠다고 하나 일반인의 범주를 벗어나긴 힘들었기에 힘에 부칠 수밖에 없었다.

"힘들다는 걸 알겠지?"

"응. 오늘 일하고 엄마한테 미안했다? 매일 늦게 온다고 불평불만이었는데. 그동안 엄마 일하는 걸 너무 쉽게 생각했나 봐."

어려운 살림살이 때문에 정기적으로 자신도 일을 하겠다고 말하던 아현이다.

그럴 때마다 정란과 기준이 엄하게 꾸짖으며 못하게 가로막았지만 그럴수록 아현의 반발심은 커져만 갔다.

그러다 우연찮게 접하게 된 오늘의 아르바이트는 아현에게 많은 것을 깨닫게 해주었다.

쉬지 못하고 분주하게 움직이며 일할 땐 느끼지 못했지만 일이 끝나고 긴장감이 풀리자 피로가 파도처럼 밀려왔다.

"힘들지?"

"응. 나 오빠가 존경스러워졌어. 이런 일을 내 나이 때부터 해내다니."

평소에는 툴툴거리며 매사에 불만이 많았지만 넘치는 에너지가 빠진 아현은 고분고분했다.

"존경스럽긴 무슨. 난 남자잖아. 여자보단 체력이 좋으니

이 정도는 거뜬해."

"그런가? 그럴지도. 헤헤! 아!"

힘겹게 걸음을 옮기던 아현의 몸이 기우뚱거리자 황급히 그녀의 몸을 받쳐준 기준은 고심하다가 그녀의 앞에 몸을 웅크렸다.

"업어줄게."

"엥? 나, 난 괜찮아. 요즘 많이 먹어서 무겁기도 하고."

오빠이긴 하나 남자에게 업히는 것이 부끄러웠는지 아현은 드물게 부끄러운 표정을 지으며 난색을 표했다.

하지만 기준은 듣는 시늉도 하지 않고 말했다.

"힘드니까 빨리 업혀. 너 걷는 모습 보면 내가 위태롭다."

"칫! 무거워도 뭐라 하지 마."

"그런 말할 일 없으니까 걱정 마라."

"정말 후회하면 안 돼? 정말 정말?"

"알았으니까 빨리 업혀."

기준의 강권에 아현은 결심을 내린 듯 그의 등에 업혔다. 등이 묵직해지는 것을 느꼈지만 체술과 마나 연공법을 통해 신체 능력이 발달되어 감당하지 못할 정도는 아니었다.

어렵지 않게 자리에서 일어나 걸음을 옮기자 아현이 놀란 목소리를 냈다.

"어어? 안 힘들어?"

"별로 안 무거운데?"

"정말? 어느 정도인 것 같은데?"

아현의 목소리에 은근한 기대감이 서렸다. 아닌 척해도 자신이 무겁게 느껴질까 싶어 걱정을 하는 것이다.

"한 80kg 정도?"

"뭐? 그 정도 아니거든!"

"농담이다, 농담. 절대 무겁지 않으니까 그만 바둥거려. 힘드니깐."

기준의 몸이 기울자 아현의 발버둥이 잦아들었다. 두 팔을 목에 두른 그녀는 내려앉는 눈꺼풀을 힘겹게 붙들며 중얼거렸다.

"이렇게 있으니까 아빠한테 업힌 것 같다. 우리 집도 아빠가 있으면 좋을 텐데. 그러면 남들처럼 휴일에 소풍도 가고 놀이동산에도 가고 방학 때는 해수욕장도 가고……."

평소 원하던 것을 하나씩 늘어놓는 그녀의 말에 기준은 마음이 찡해지는 것을 느꼈다.

어느 순간에 이르러서는 더 이상 그녀의 목소리가 들리지 않았다. 피곤함을 이겨내지 못하고 잠에 빠져든 것이다.

"사정이 나아지면 원하는 거 모두 해줄 테니 걱정 마."

작게 중얼거린 그것은 스스로에게 하는 강한 다짐과도 같았다.

다행히도 그날 이후 정란의 몸은 회복되어 움직이는 데 별

어려움이 없었다.

안색은 여전히 좋지 않아 휴식을 취할 것을 권했지만 하루를 쉬면 생계가 어려워지기에 정란은 기준의 권유를 거절하고 일을 하러 나갔다.

안색이 좋아 보이지 않자 걱정이 된 기준이었지만 그로서도 달리 방법이 없었다.

그가 당장 할 수 있는 것은 마나 연공법을 꾸준히 펼쳐 기초를 다지고 검술을 익히는 것뿐이었다. 신체적인 능력 향상은 크게 기대할 수 없지만 깨달음은 다르다. 이곳과 꿈의 세계에서 모두 살아가기에 남들보다 두 배의 시간이 주어지는 셈이다. 남들보다 좋게 주어진 조건을 활용하고자 틈틈이 시간을 내어 수련에 매진했다.

그사이 중간고사를 치렀다. 아르바이트를 병행하고 있지만 기준의 성적은 그리 나쁘지 않았다. 반에서 5등, 전교 17등이다.

아영은 어려운 형편에도 전교 1등을 하여 정란을 기쁘게 만들었다. 그에 비해 성적이 떨어지는 아현은 성적표를 감추기 위해 애를 썼지만 그마저도 상위권에 속하는 준수한 성적이었다.

생활고를 염려해야 하는 나날이었지만 기준은 지금 이 생활이야말로 참으로 평온하다고 생각했다.

열심히 공부하고 일을 하기에 내일을 꿈꿀 수 있고, 남들이

지니지 못한 비기를 지녔기에 더 나은 미래를 기약할 수 있다.

기준은 이러한 나날 속에서 자신을 발전시킬 수만 있다면 가난을 탈출하는 것도 어렵지 않으리라 생각했다.

그러나 그러한 평온도 오래가지 않았다.

뷔페에서 일을 하고 있는 기준에게 집에서 연락이 왔다. 일을 하는 도중 전화를 받으면 안 되지만 거듭 걸려오는 전화에 인적이 드문 곳으로 자리를 옮겨 전화를 받았다.

통화가 연결되기 무섭게 그의 귓가에 다급함 가득한 아영의 목소리가 들려왔다.

"오빠! 어, 엄마가 쓰러졌어! 어떡해? 흑!"

"뭐, 뭐? 기다려! 곧바로 갈 거니까! 119에 신고해!"

순간 머리가 텅 비어버리며 벼락같은 충격이 전신을 휩쓸었다.

몸을 비틀거리며 가누지 못하던 기준은 멍하니 서 있다가 주변의 시선을 신경 쓸 틈도 없이 곧바로 몸을 돌렸다.

"기준아! 어디 가는 거야!"

지배인의 외침에 들려왔지만 아랑곳하지 않은 채 달렸다.

그의 두 눈은 거세게 흔들리고 있었다.

제4장

밝혀진 비밀, 동기부여

집에 도착하니 가족들은 이미 응급차를 타고 병원으로 간 이후였다.

숨 돌릴 틈도 없이 기준은 곧바로 병원으로 향했다.

어찌나 다급했던지 택시를 탈 생각도 못한 채 기준은 쉬지 않은 채 달리고 또 달렸다.

"하아! 하아!"

숨이 턱 끝까지 차올랐지만 개의치 않고 뛰고 또 뛰었다. 체술과 마나 연공법으로 일반인보다 뛰어난 체력이 바탕이 된 기준은 먼 거리를 단숨에 주파해 병원에 도착할 수 있었다.

곧바로 응급실로 향한 기준은 사색이 된 채 병원 앞을 서성이는 아현과 아영을 발견하곤 걸음을 빨리했다.

"아현아! 아영아!"

"오빠! 흑! 엄마가 쓰러졌대. 어떡해?"

두 여동생은 기준의 품에 안겨 앙앙 울었다.

나이에 비해 의젓하다고 하나 이제 중학교 1학년에 불과하다. 힘든 가정 형편에도 불구하고 성숙한 모습을 보였지만 가정을 지탱하던 엄마가 쓰러졌다는 사실은 감정을 숨기지 못하게 만들었다.

"괜찮아. 괜찮을 거야."

기준 본인도 가슴이 거세게 요동쳤지만 두 여동생 앞에서 약한 모습을 보일 수가 없었다.

등을 토닥여 주며 안심시킨 그는 간호사를 보곤 앞으로 한 걸음 나섰다.

"제가 김정란 씨 가족입니다."

"잠시 따라오세요."

"어머니는 괜찮으신가요?"

"어느 정도 안정되셨어요."

안정되었다는 말에 기준과 두 여동생은 안도의 한숨을 내쉬었다. 따라오라는 간호사의 제스처에 기준이 뒤따르며 당부했다.

"너희들은 병실에 들어가서 어머니를 보살펴 드려. 내가 들어가서 이야기 들을 테니까."

"으응."

그녀들을 뒤로하고 기준은 의사가 있는 곳으로 향했다. 안정되었다는 말과 달리 의사의 표정은 그리 좋지 못했다.

내심 안도하던 기준은 그 모습을 보곤 알 수 없는 불안함에 휩싸였다.

"어머니는 나을 수 있으신가요?"

그것은 그의 염원이 담긴 물음이었다.

하지만 현실은 냉혹했다.

"위암 말기입니다."

"……"

"암세포가 너무 퍼져 치료가 불가능할 정도입니다. 치료하기에는 너무 늦었으니 편히 쉬면서 남은 삶을 정리하시는 게……."

뒤에 이어지는 말은 들리지 않았다. 해머로 머리를 맞은 것처럼 아무 생각도 나지 않고 텅 비어버렸다.

그제야 어머니가 어째서 그토록 무기력한 모습을 보였는지 알 수 있었다.

어머니는 자신의 몸 상태가 정상이 아니라는 것을 알고 있었을 것이다.

그럼에도 불구하고 병원에 들르지 않은 건 하루라도 일을 거르면 힘겨워질 생계를 걱정해야 했기 때문일 것이다.

결국 자신들 때문에 어머니는 치료를 받지 못했다.

좀 더 여유가 있고 사정이 넉넉했더라면 어머니는 사전에 치료를 받고 정상적인 삶을 살 수 있었을 것임이 분명했다.

'우리 때문에 어머니는……'

눈시울이 시큰했지만 눈물은 나오지 않았다.

자신은 가장이다. 이럴 때일수록 의연한 모습을 보여야 한다.

흔들리지 않는 기둥이 존재해야 주변이 흔들리지 않는 법이다.

의사에게 고개를 숙여 보인 뒤 병실로 향하는 발걸음은 무거웠다.

아현과 아영에게 극진히 간호 받는 모습을 보며 기준은 아무 말도 못했다.

침대에 누워 있는 정란의 모습은 볼품없었다. 몸은 앙상하게 말라 있었고 얼굴엔 짙은 음영이 드리워져 있었다. 여동생들을 안심시키기 위해 미소를 짓고 있지만 그 속에는 전혀 힘이 느껴지지 않았다.

침묵하는 기준을 보며 정란이 물었다.

"기준아, 왜 그러니?"

"몸은 좀 괜찮으세요?"

"괜찮단다. 이렇게 쓰러지면 안 되는데."

"푹 쉬세요. 기왕 쉬는 거 어머니가 하고 싶은 것 하시면서요."

"그러면 생활비는 어떻게 하니."

"제가 벌 거예요!"

목소리를 높이자 주변 시선이 기준에게 집중되었다. 정란
도 처음 보는 아들의 모습에 놀란 표정을 지었다.

그에 아랑곳하지 않고 기준은 자신이 생각한 바를 털어놓
았다.

"제가 아르바이트를 더 하면 돼요. 지금 가장 중요한 건 건
강이니까 쉬시는 게 좋고요. 그러지 않으면 저랑 애들이 제대
로 할 수 있는 게 없어요. 그러니 푹 쉬세요. 아시겠죠?"

"그래, 그렇게 할게."

강경한 아들의 모습에 정란은 순순히 고개를 끄덕였다.

끝까지 고집을 부리지 않자 기준은 안도의 한숨을 내쉬었
다.

하지만 그것뿐, 그녀를 위해 기준이 할 수 있는 것은 아무
것도 없었다.

"그래도 일이 걱정되는데……."

"엄마, 걱정하지 마. 엄마가 아플 동안 내가 대신할 테니
까."

"넌 공부해야 하잖니."

"공부도 열심히 하고 일도 하면 돼. 걱정되면 엄마가 금방
나으면 되니까. 빨리 나아. 알았지?"

"힘내볼게."

걱정 섞인 아현의 말에 정란은 미소 지을 수 있었다. 조용히 지켜보던 기준은 자신이 아르바이트하는 곳에 아무 말도 않고 뛰쳐나왔다는 걸 깨닫곤 말했다.

"일단 뒷수습을 하고 올게요. 아현이랑 아영인 어머니 잘 보살펴 드려."

"응, 나한테 맡겨."

"네."

활기찬 두 여동생의 대답에 기준은 병실을 나설 수 있었다.

하나, 그의 얼굴에 서려 있는 걱정은 전혀 사라지지 않았다.

'말기 암환자의 치료는……'

인터넷으로 간단하게 말기 암환자의 치료법을 검색해 본 기준은 방법이 없음을 알아차렸다.

항암 치료를 받을 수도 있지만 지금 형편으론 비용을 부담하는 것도 물론이거니와 치료될 가능성도 적었고 부작용도 만만치가 않았다.

어느 하나도 선택할 수 없는 절망스러운 상황이었다.

이미 자신의 몸 상태를 파악하고 있는지 정란은 담담했다. 다만 두 딸이 걱정하는 모습을 보기 싫었는지 기준을 향해 고개를 저어 보일 뿐이다.

"방법이 없다고 포기해야 되나? 하지만……."

절망은 아무런 방법이 없는 사면초가의 상황에서 느끼는 감정이다.

기준 또한 비슷한 상황이었지만 그는 단 한 가닥 가능성에 모든 것을 걸었다.

"꿈. 나에게는 꿈의 세계가 있어."

이 세계에 존재하지 않는 마법과 신성력이 존재하는 세계.

그곳의 힘을 빌린다면 어머니를 치료할 수 있을 것임이 분명했다.

물론 확실하지 않고 마법을 맹신하는 것도 아니다. 하지만 꿈의 세계에 진입해 있는 동안 현실의 시간은 몇 시간 정도에 불과했고, 그곳에서 충분한 시간을 들여 방법을 찾는다면 가능성이 존재할 터였다.

"마법, 마법밖에 없어."

병을 고침에 있어 효과를 보이는 것은 마법과 신성력 두 가지였지만 신성력은 처음부터 배제를 했다.

신앙을 매개로 주어지는 신성력은 종교인이 아니고서는 얻는 것이 불가능했다.

하지만 마법은 다르다.

수련을 통해 단계를 높여 나가기에 높은 성취를 낼 수 있다면 치료 마법으로 암을 치료할 수 있을 것임이 분명했다.

"꿈의 세계로 가야 해."

그곳에서 자신이 얼마만큼의 시간 동안 있을 수 있을지 몰랐지만 마법을 익힐 수 있다면 어머니를 치료할 수 있을 것이 분명했다.

희망을 발견한 기준은 꿈의 세계로 가게 되면 어떻게 마법을 배울지 생각했다.

그곳에서 자신이 얼마의 시간 동안 있을지 불확실했고, 가정 형편상 마탑으로 마법을 배우러 가기에는 형편이 좋지 않았다.

'일단 꿈의 세계로 가는 것이 중요하겠어. 갈 수만 있다면.'

머릿속에 온통 꿈의 세계에 대한 것으로 가득했다. 마나 연공법과 검술을 통해 경지를 높이면 신체 능력이 비약적으로 상승하는 것처럼 마법 또한 기적을 일으킬 수 있을 거라 생각했다.

학교를 끝마친 기준은 곧바로 병원으로 향했다.

병실에 도착한 기준은 앞을 가로막는 두 남자를 보며 인상을 찡그렸다.

정란이 머물고 있는 병실은 일인실이었다. 안에 들어갈 수 있는 인물은 가족 이외에 아무도 없었다.

아버지도 어머니도 모두 고아 출신이라고 알고 있는 그로서는 앞을 가로막는 인물들이 마음에 들 리 없었다.

"비켜!"

거친 언성과 함께 안으로 파고들려고 하자 입구를 지키던 두 경호원이 경계 자세를 취하며 기준을 밀어내려고 했다.

자신에게 향하는 손을 보며 몸이 자연스럽게 반응하기 시작했다.

뱀처럼 상대의 팔을 휘감은 뒤 옷을 잡고 끌어당기며 명치에 주먹을 날렸다.

날카로운 주먹이 급소에 꽂히자 컥! 하는 비명 소리와 함께 무너져 내렸다. 옆에 서 있던 경호원은 기준의 실력에 놀란 표정을 지으며 신중한 표정으로 손을 뻗었다.

유도가 주특기인 듯 옷을 잡아챘지만 기준이 익힌 것은 실전을 통해 완성된 체술이었다.

잡아끄는 순간 달려들며 무릎을 배에 꽂아 넣은 뒤 목을 쳐서 기절시킨 기준은 지체없이 병실 안으로 들어섰다.

병실 안에는 많은 사람들이 있었다.

환자인 정란과 아현, 아영 자매, 그리고 처음 보는 인물 다섯 명이 침대 옆에 서 있었다.

그중 세 명은 검은 정장 차림의 경호원이었고, 나머지 둘은 나이 지긋한 노인 한 명에 삼십대 초반의 커리어우먼이었다.

갑자기 안으로 들어선 기준을 보며 경호원 셋이 재빠른 몸놀림으로 기준의 앞을 가로막았다. 그중 책임자인 듯한 삼십대 후반의 남자가 의문을 표하다가 열린 문틈 사이를 보고 경악했다.

"무슨 일? 이런……."

"안 실장, 비켜서게."

기준을 향해 눈을 부라리는 경호원을 물리친 것은 노인이었다.

차갑게 가라앉은 눈을 본 순간 가늘게 몸을 떨었지만 그것을 겉으로 드러내지는 않았다.

"흐음."

노인의 입에서 나직한 감탄사가 흘러나왔지만 기준이 알 바가 아니었다. 그에게 가장 중요한 것은 생전 처음 보는 인물들이 병실에 있는 이유였다.

"왜 병실을 침입한 거죠?"

"침입이라……. 그렇게 보일 수도 있겠군. 하지만 단어 선택이 틀렸다. 나는 병실을 침입한 적이 없으니. 단지 딸의 병문안을 온 것뿐이다."

"……."

말의 의미를 파악한 기준의 눈이 거세게 흔들렸다. 그가 알기론 아버지와 어머니 모두 고아라고 알고 있고 일가친척 하나 없었다.

답을 구하는 눈으로 정란을 바라보았지만 그녀는 초췌한 안색으로 입을 굳게 다물었다.

그 모습을 본 노인은 비웃음을 지었다.

"말할 수 없었을 테지. 잘못된 선택으로 요 모양 요 꼴로 살고 있으니."

그러면서 기준에게 시선을 옮긴 노인의 눈에 흥미로움이
가득했다.

"거두절미하고 말하마. 난 네 외할아버지다."

"자세한 연유를 듣고 싶습니다."

"흔하디흔한 기사와 사랑에 빠진 공주님 이야기지."

노인의 이야기는 이러했다.

거대한 기업을 맨손으로 일군 노인은 우리나라에서 이름
만 대도 알아주는 대기업 회장이었다.

그의 슬하에는 여러 명의 자식이 있고 정란은 그중에서 장
녀였다.

노인은 자신이 일군 기업을 자식들이 훌륭하게 운영하길
바랐다. 그래서 어린 시절부터 철저히 교육시키며 장래에 기
업을 이끌 재원이 되길 바랐다.

정란은 장녀로서 아버지의 바람을 훌륭히 따르던 딸이었
다.

하지만 두 사람이 처음으로 충돌한 것이 바로 이성교제 문
제였다.

젊은 나이에 사랑에 빠진 정란이 결혼하고 싶다고 데려온
남자는 직업군인이었다.

정략혼인은 아니더라도 유능한 남자와 결혼하길 바랐던
노인은 교제를 반대했다. 그리고 두 사람이 헤어지도록 하기

위해 여러 가지 방법으로 수를 썼다.

그럴수록 정란은 강하게 반발했다. 어릴 적부터 꿈을 접고 아버지의 바람을 따르던 그녀의 반발심이 터져 나왔고, 결국 집을 나와 사귀던 남자와 결혼하게 되었다.

그 남자가 기준의 아버지다.

분노한 노인은 가족 명단에서 정란을 제외시켜 버리고 없는 자식으로 취급했다. 몇 년 뒤 정란과 결혼한 남자는 국가 임무를 수행하던 도중 목숨을 잃게 되었고, 국가유공자가 되었지만 세 자식을 키우기에는 세상 살아가기가 쉽지 않았다.

노인의 눈이 차갑게 빛났다.

"이게 네가 말하던 행복이더냐?"

"몸은 힘들지만 마음은 행복해요. 전 지금도 제 결정을 후회하지 않아요."

"그래도 끝까지……."

당당하게 행복을 찾아가겠다고 하며 절연을 선언했던 딸은 병색이 완연한 얼굴로 시한부 삶을 선고받았다. 이십 년 전보다 볼품없어진 몰골로 끝까지 대드는 모습에 노인은 분노를 감추지 않았다.

"어머니가 그렇다고 하시네요."

언제 나타난 것인지 기준이 침대 앞에 나타나 노인과 정란의 사이를 떨어뜨려 놓았다. 세 경호원은 기척도 없이 나타난 기준을 보곤 경악하며 경계태세를 취했다.

정작 노인은 표정 하나 바꾸지 않은 채 기준을 바라보며 말했다.

"지금 이런 상황을 초래한 것이 네 어머니의 우둔한 선택 탓이다. 그런데도 편을 들겠다고?"

"글쎄요."

"네 아버지는 널 두고 일찍 죽었고 가난을 물려주었다."

가난을 딛고 기업을 일군 노인이기에 가난이라는 것이 얼마나 뼈아프고 무서운 것인지 잘 알고 있다. 특히 물질 만능주의가 팽배한 지금의 시대는 그러한 면이 더욱 강화되었다.

"그 부분에 대해서는 불만이 많은 건 사실이지만 어쩔 수 없는 일이라고 생각합니다."

"그런데도 네 어머니 편을 들겠다고?"

"어머니니까요. 자신의 생각을 강요하는 걸 보면 어머니의 결정이 적어도 틀리지는 않았다는 걸 느낄 수 있네요."

"너도 네 어미의 고집을 빼닮았구나."

노인의 눈빛은 싸늘했지만 그 이상의 감정은 느껴지지 않았다. 오히려 속에서 호기심이 피어났다.

그가 대기업을 일군 것은 단순한 요행이 아니었다. 밑바닥부터 시작하여 산전수전 다 겪으며 체득한 다양한 경험과 처음부터 끝까지 철벽처럼 쌓아놓은 자부심, 그리고 사람을 휘어잡는 통솔력과 적재적소에 배치하는 용인술까지 모든 면을 갖추면서 지금의 기업을 반석 위에 올려놓았다.

그중에서 빠질 수 없는 것이라면 사람을 꿰뚫어 보는 눈이었다.

굴하지 않고 뜻을 밀어붙이는 고집과 어려운 상황에서도 모든 것을 척척 해내는 것은 위기에 강하다는 뜻이 된다. 예상치 못한 상황에서도 의연하게 모든 것을 받아들이니 임기응변 또한 쓸 만했다.

절연을 선언했지만 기준이라는 인재가 탐이 나는 것이 사실이다.

"너도 알고 있겠지만 네 어미의 삶이 얼마 남지 않았다."

노인의 말을 들은 아현과 아영의 몸이 크게 떨렸다. 둘은 정란이 과로를 하여 입원하고 있는 것으로 알고 있었다.

속으로 아차 했지만 기준은 감정을 겉으로 드러내지 않았다. 눈앞의 노인은 잠시라도 방심할 수 없는 위험한 인물이었다.

"하고 싶은 말씀만 간단하게 해주셨으면 좋겠습니다."

"아비를 잃고 어미까지 잃으면 너희는 고아가 된다. 절연을 선언한 이상 나와 가족으로는 얽히지 않기 때문이지."

노인의 눈은 정란에게 향하고 있었다.

고아라는 말을 듣자 그녀의 눈이 거세게 흔들렸다. 자식을 생각하는 부모의 마음은 한결같다.

행복하게 사는 것.

하지만 그녀가 자식들에게 해준 것은 아무것도 없었다. 남편이 죽고 나오는 보조금이나 혜택은 미미했고, 여자가 돈을 벌 수 있는 건 한정되어 있어 형편이 어려워질 수밖에 없었다.

생활고에 시달리며 기준이 일하며 생활비를 보태는 것에 늘 미안한 감정을 가지고 있었다.

하루에도 몇 번씩 노인을 찾아가 사과하고 가족으로 받아들여 달라고 말하고 싶었다. 그러나 상대는 맨손으로 대기업을 일군 철혈의 회장이다. 누구보다 잘 알고 있기에 자식들을 받아들여 줄 리 없다며 체념하고 있었다.

그런데 철혈의 피를 지닌 그가 그 이야기를 꺼내 들었다. 어떤 말이 나올지 조마조마한 마음으로 지켜볼 수밖에 없다.

"오늘 이곳을 찾아오기 전까지는 마찬가지였다. 특히 널 보기 전까진."

노인의 입가에 미소가 맺혔다.

이질감을 느낀 기준의 미간이 찌푸려졌다.

"넌 알지 모르나 제법 쓸 만한 자질을 지녔다. 집으로 들어오너라. 그리고 내게 능력을 보여라. 네 능력이 출중하다면 난 널 후계자로 키울 것이다."

그의 선언에 주변 사람들이 경악했다. 특히 곁에서 보좌하는 비서의 놀라움은 더욱 컸다.

현재 그룹의 후계자는 아직까지 명확하게 정해지지 않은 상황이었다. 이를 두고 사람들은 무한 경쟁을 통해 가장 나은 실적을 올린 사람을 후계자로 삼을 것이라 수군거렸지만 비서는 그의 의중을 정확히 파악하고 있었다.

"회장감이 없어!"

늘 노인이 입에 달고 사는 말이다.

자식 농사를 나쁘지 않게 지어놓았기에 각기 하나의 사업체를 맡을 능력은 되었지만, 그룹 전체를 아우르며 사람들을 통솔하고 따르게끔 하는 카리스마가 부족했다.

나이가 들고, 일선에서 물러서서 상황을 관망하고 있기에 노인의 평가는 정확했다.

그런 상황에서 절연했던 딸의 핏줄에게 후계자 이야기를 운운한 것은 향후 그룹 내는 물론이고 재계에 큰 파장을 일으킬 것임이 분명했다.

그 말의 의미를 알고 있을까?

비서는 새삼스러운 눈으로 기준을 바라보았다.

하지만 그의 입에서 흘러나온 대답이 더욱 놀라웠다.

"죄송하지만 거절하겠습니다."

"어째서냐? 잘하면 대기업을 네 뜻대로 쥐락펴락할 수 있는데."

"할… 아니, 당신은 우리를 가족으로 받아들인 것이 아니라 무언가 목적을 두었습니다. 우리는 미끼를 내밀면 무는 물고기가 아닙니다. 가족이 아니라 사업의 번창 도구로서 뜻대로 흘러가게 하기 싫습니다."

할아버지라는 호칭마저 없었다. 그것은 노인을 할아버지라 생각하지 않겠다는 간접적인 표현이다.

말을 하면서도 기준은 자신에게 일어난 변화에 놀라웠다.

돈이 없어 하루하루를 근근이 버텨 나가는 고등학생인 자신이 대기업 회장에게 당당하게 의견을 피력할 수 있다는 것 자체가 대단했다.

상당한 실력을 지녔을 것임이 분명한 경호원을 제압하고 생각지도 않았던 가족의 존재 확인은 기준의 내부에서 변화의 바람을 일으키고 있었다.

"사업 번창 도구라? 재미있구나. 너희들도 같은 생각이더냐?"

그의 시선은 아현과 아영에게 향해 있었다. 시선을 받은 그녀들은 분위기에 압도되어 가늘게 몸을 떨었다.

"저희는……."

"우리는 오빠의 뜻에 따르겠어요."

말을 쉬이 잇지 못하던 아영과 달리 아현이 단호하게 대답했다.

노인은 한동안 아현의 두 눈을 응시했다.

그녀는 몸이 저절로 떨림을 느꼈지만 힘을 주고 버텨내려 애썼다. 당찬 모습이 마음에 든 듯 노인은 미소 지었다.

"자식 농사를 실패한 것 같았는데 없는 셈 쳤던 손주들이 괜찮군. 역경을 이겨내고 잡초에서 피어난 꽃은 강하다는 건가? 좋다. 너희들의 의견을 존중해 주겠다."

예상했던 것보다 순순히 물러나는 노인이었다.

기준은 안도했으나 한편으로는 마음이 복잡했다. 어머니의 집안이 대기업이었다는 사실은 단기간에 이해하고 받아들이기에는 사안이 컸다.

"오랜만의 재회가 이런 방식이라 기분이 좋지 않다. 다음에는 좀 더 건강한 모습으로 보았으면 좋겠군."

그 말을 끝으로 몸을 돌린 노인은 병실을 나섰다. 비서와 경호원이 그 뒤를 따랐다.

병원을 나서서 차에 탑승하고 회사로 돌아갈 무렵, 곁에 앉아 있는 비서에게 노인이 입을 열었다.

"묻고 싶은 게 있나 보군."

"예, 어떻게?"

"내가 김 비서랑 다닌 게 일 년이 넘었는데 그것도 모르겠나."

대수롭지 않은 듯 말했지만 달리 보면 일 년 동안 상대방의 심리 상태까지 꿰뚫어 보게 되었다는 말이다. 비서는 입이 바짝 마르는 것을 느끼며 순순히 시인했다.

"회장님께서는 다른 생각이 있는지 궁금합니다."

"다른 생각이라……. 내가 일 년 동안 김 비서를 안 만큼 김 비서도 나에 대해 어느 정도 알아두었다는 이야기가 되는군."

기분 나쁘게 여길 법도 했지만 그의 반응은 긍정적이었다.

"어린아이란 말이지, 억누르려고 하면 할수록 반발하는 법이네. 그 아이는 갑자기 나타난 가족의 존재로 혼란을 겪고 있어. 그런 상황에서 후계자가 되라고 하면 받아들일 리 없지."

"아!"

그녀는 무슨 말을 하고자 하는 것인지 곧바로 깨달았다.

노인에 대해 반발심을 가지고 있는 기준은 설득하려고 하면 할수록 반발할 터였다.

그것을 알고 있었기에 노인은 순순히 물러선 것이다. 대기업의 회장 입장으로서 그는 앞으로도 무수히 많은 자리를 만들 수 있고 기준을 끌어들일 여력도 존재했다.

"내 핏줄 중에 뛰어난 아이가 나왔는데 저버리는 건 말도 안 되는 일이지. 조금씩 잠식하다 보면 어느새 옴짝달싹하지 못하는 자신을 발견할 테니."

노인의 입가에 즐거움이 담긴 미소가 번져 나갔다.

그의 머릿속에는 기준을 옭아맬 방법이 떠오르고 있었다.

"오빠, 설명해 줘. 아까 그게 무슨 말이야?"

"설명이 필요해요."

썰물처럼 빠져나간 병실에 남은 기준은 아현과 아영에게 불려나와 곤욕을 치렀다. 갑자기 찾아온 외할아버지의 존재로 인해 어머니가 암에 걸린 사실을 설명해야 했던 것이다.

두 눈을 똑바로 직시하는 모습에 피해갈 수 없다는 걸 느낀 기준은 짧게 한숨을 내쉬며 말했다.

"아까 들은 그 말 그대로야."

"엄마는 과로 때문에 입원한 게 아니었어? 도대체 뭔데?"

"엄마는… 암이래."

"뭐, 뭐라고?"

둘의 얼굴에 경악이 번져 나갔다. 중학생인 그녀들에게 있어 암은 무시무시한 병이었다. 두 눈을 감은 기준은 간략하게 설명했다.

"의사 선생님은 삼 개월이 한계래. 하지만 내 생각은 달라."

기준은 체내에 존재하는 모든 마나를 끌어올리며 강하게 힘을 주었다. 둘은 그 말을 듣고 저도 모르게 시선을 고정했다.

"의사 선생님은 포기하고 남은 시간을 유익하게 보내라 하셨지만 방법은 있어."

"어, 어떤 방법인데? 치료 방법이 없으면 낫는 건 불가능하잖아."

아현의 목소리가 가늘게 떨렸다. 아영은 손으로 입을 막은 채 눈물을 훔치고 있었다.

두 여동생의 감정은 고스란히 기준에게 전해졌다.

힘들지만 힘을 합칠 수 있기에 행복한 가정이었다. 툴툴거리는 아현도, 다소곳한 아영도 매일 일하는 어머니를 보며 미안한 감정을 느꼈다.

집주인의 월세 독촉에 휴일도 반납한 채 일을 나가는 어머니를 보며 둘은 성인이 되면 어머니에게 효도를 하겠다고 하늘에 대고 맹세했다.

그것도 이제는 모두 물거품이 되어버렸다.

마음이 아파오는 걸 느낀 기준은 이를 꽉 깨물며 말했다.

"방법이 있어. 그러니 날 믿어. 아현이 아영이, 너희들은 날 믿지?"

"믿어. 믿지만……."

말끝을 흐리는 모습에서 체념의 빛을 읽은 기준이 더 강하게 말했다.

"그거면 됐어. 어머니가 나을 수 있는 방법은 내가 찾아볼 거야. 그러니 병실에 가서 내색하지 마. 반드시 나을 수 있으니까. 알겠지?"

"아, 알았어."

"그거면 충분해. 내색하지 말고. 엄마는 꼭 나을 수 있어."

"응, 믿을게."

지금으로서는 기준을 믿는 수밖에 달리 방법이 없었다.

그것은 어찌 보면 두 여동생의 마음을 편안하게 만들고 본인에게 부담을 지우는 방법이었다. 하지만 기준은 스스로에 대해 냉정하게 파악하고 있었다. 이렇게 몰아붙이면 스스로 필사적으로 움직이게 될 것이고, 그것은 긍정적인 효과를 일으킬 터였다.

이렇게라도 하지 않으면 그 또한 절망에 빠질 것이다.

기준은 마음을 다잡았다. 자신이 약해지면 모두가 무너진다.

'반드시 고쳐 드릴게요.'

마법의 존재는 기준의 마지막 희망이었다.

시간은 빠르게 흘렀다.

정란이 시한부 삶을 선고 받은 지 일주일이 흘렀다.

병원비가 부담되었던 정란은 퇴원을 요청했고, 병원비를 치르려던 기준은 이미 한 달 치 병원비가 모두 입금되었다는 말을 듣고 외할아버지가 도움을 주었다는 것을 알아차릴 수 있었다.

자존심상 거부해야 옳았지만 궁핍한 생활고는 그마저 눈 감고 받아들이게 만들었다.

병원 측에서는 치료를 권유했지만 남은 시간을 가족과 함께 보내고 싶다는 정란의 의견을 꺾지 못했다.

기준은 마음이 다급해짐을 느꼈다.

꿈의 세계로 가서 마법을 익히고 어머니의 건강을 회복시켜야 했지만 언제 꿈의 세계로 들어갈 수 있을지 막막하기만 했다.

무엇보다 그로 하여금 다급하게 만든 것은 꿈의 세계에 있을 수 있는 시간이었다.

얼마나 머물 수 있을지 알 수 없었고 당장 마법을 배울 수 있는 형편이 아니었다.

'정확한 시간만 알 수 있다면 준비할 수 있을 텐데.'

불확실한 규칙은 기준으로 하여금 계획조차 제대로 세울 수 없게 혼란을 가져다주었다.

정란이 퇴원하고 일주일이 지났을 무렵, 잠이 든 기준은 그토록 바라던 꿈의 세계로 진입할 수 있었다.

눈을 뜬 그는 곧바로 마을을 돌아다니며 정보를 수집하기 시작했다.

꿈의 세계에서 암의 다른 명칭을 알아낼 수 있었고, 마법과 신성력이면 완치가 가능하다는 것도 알아냈다.

이틀의 시간이 소모되었지만 마법으로 어머니의 병을 완치할 수 있다는 사실은 고무적이었다.

"마법을 배워야 한다."

한시가 급했지만 세상은 그의 생각처럼 호락호락하지 않았다.

마법을 익히기 위해서는 마법사로서 자질을 갖추고 있어야 했는데, 우선 마나에 대한 친화력이 뛰어나야 했다. 유렐은 마나 친화력이 뛰어났지만 마법을 익히기 위해서는 많은 돈을 필요로 한다는 사실을 알고 돈을 벌어야 한다는 걸 깨달았다.

이 세계의 기준으로 엑스퍼트에 오른 그였다. 기사 작위를 수여받을 수 있는 엑스퍼트는 숙달되기만 하면 몬스터 최상위 포식자인 오우거도 사냥이 가능했다.

눈을 뜨니 꿈의 세계였다. 언제 현실로 돌아갈지 모르는 불안함과 마법을 배워야 한다는 부담감은 유델로 하여금 앞뒤를 가리지 않게 만들었다.

지금 당장 그에게 필요한 것은 돈이었다. 마탑에 돈을 주고 마법을 배워야 했기에 사냥감 중 가장 값어치가 나가는 오우거를 사냥하고자 했다.

아무런 노하우가 없었기에 유델은 사냥을 떠나려는 필립의 앞을 가로막고 자신의 의견을 강하게 피력했다.

"저도 같이 가게 해주세요."

"아직 너에겐 무리다."

"무리가 아니에요. 저라면 가능해요."

"말도 안 되는 소리 하지 마라."

강한 어조로 말을 끊은 필립이 매서운 눈으로 노려보았다. 유델이 입을 다물자 경고했다.

"몬스터 사냥을 쉽게 보지 마라. 공격 능력이 약한 짐승과 달리 몬스터는 잠깐의 방심이 죽음을 불러올 수 있다. 사냥 경험을 쌓았지만 아직 네게 몬스터 사냥은 일러."

아니라고 강하게 부정하고 싶었지만 입안에서만 맴돌았다.

어릴 때부터 꾸준한 수련을 쌓았다지만 열다섯의 나이에 엑스퍼트의 경지에 올라선 자신의 성취는 특별한 것이었다.

실력을 보이더라도 필립에게 추궁을 당하면 무슨 말을 한단 말인가?

승복하지 못하는 그의 모습을 보며 필립이 물었다.

"무엇 때문에 몬스터 사냥에 참가하고 싶은 거냐?"

유델의 머릿속이 복잡하게 헝클어졌다.

그가 몬스터 사냥에 따라가려는 것은 값비싼 중형 몬스터 잡아 비용을 마련하고 마법을 배우기 위함이다.

현실의 어머니 병을 치료하고자 마법을 배우고 싶다는 말을 털어놓을 수는 없었기에 고심하던 유델은 어느 정도 납득할 수 있는 말을 꺼내 들었다.

"마법을 배우고 싶어서요."

필립의 얼굴에 의외라는 표정이 번졌다.

"네게 마법을 익힐 수 있는 자질이 있다고 생각하느냐?"

"해보지 않고 포기하는 건 옳지 않다고 생각합니다."

"검을 익힌 녀석이 마법이라……. 마검사라도 꿈꾸는 것이냐? 그런 건 이야기책에서나 나오는 존재다."

단호하게 선을 그은 필립은 몸을 돌렸다.

마치 유델의 시선을 외면하려는 것처럼.

"때가 되면 널 몬스터 사냥에 참가시킬 것이다. 그러니 그 동안 실력을 쌓아두도록."

말을 마친 그는 자리를 벗어났다. 뒤를 따르고 싶은 마음이 강했지만 강경한 모습에 말을 할 수 없었다.

"이거면 마법을 배울 수 있을 것이다."

며칠 뒤 사냥을 마치고 돌아온 필립은 몬스터 부산물을 마당에 늘어놓았다.

양이 어찌나 많았던지 집안에 모두 수용하기 불가능할 정도였다.

마을은 난리가 났다.

필립이 사냥한 몬스터는 몬스터의 포식자, 혹은 괴물이라 불리는 오우거였던 것이다.

노련한 기사가 아니고서는 사냥이 불가능하다고 알려진 오우거는 사냥꾼들이 꿈꾸는 사냥감이다. 오우거에게서 나오는 그 부산물은 마법 재료로서 값비싸다는 것이 널리 알려져 있다.

오우거를 사냥한 이에게는 명예로운 슬레이어의 호칭을 바쳤는데, 마을에서 가장 뛰어나다고 알려진 필립이 오우거를 사냥한 것이다.

필립에게 사냥 동행을 거절당했던 유델은 그날 이후 홀로 사냥을 떠나기 위해 여러 준비를 하고 있는 차였다. 그러다 오우거를 사냥하고 돌아온 그의 모습에 마음이 복잡해짐을 느꼈다.

오우거 부산물은 마법 재료로 가치를 지닌 만큼 마법을 배우기 위해 마탑 지부로 가서 협상을 하면 충분히 마법을 익힐 자금을 마련할 수 있었다.

모든 일이 순조롭게 풀리는 듯했다.

하지만 유델의 기쁨은 오래갈 수 없었다.

오우거를 사냥하고 돌아온 필립은 다음날부터 앓아눕기 시작하더니 사흘째 되는 날 죽은피를 토했다. 그리고 일주일이 지나자 그대로 숨을 거뒀다.

사인은 오우거 사냥을 통해 입은 부상이 악화되어 내부 장기가 죽었다는 것이다.

갑작스러운 아버지의 죽음에 유델은 머리가 텅 비어버리는 것을 느꼈다.

한기준과 유델의 기억이 합쳐지면서 주 자아는 기준의 것이 되었다. 그의 자아가 강했기에 필립은 아버지라기보다 자신의 한 부분을 차지하고 있는 유델의 아버지란 면이 강했다.

그러나 그의 죽음을 눈앞에서 목격하자 그것이 아니란 걸 깨달을 수 있었다.

온몸에 힘이 쭉 빠졌고, 차마 뭐라 말할 수 없는 감정이 내면에서 끊임없이 치솟았다.

그의 죽음이 사냥을 고집하던 자신 탓처럼 느껴졌다.

만약 마나 연공법을 가르쳐 주었다면?

검술을 가르쳐 주었다면?

함께 사냥 갈 실력이 된다고 말했다면?

지금 같은 최악의 결과는 나오지 않았을 것이다. 아니, 나오지 않았다.

만약이라는 가정 따위가 불필요하다는 것을 잘 알고 있다.

하지만 자신이 기연의 존재를 감추지 않았더라면, 실력을 공개했더라면.

이 모든 것이 자신의 선택으로 인해 벌어진 일이라는 것에는 변함이 없다.

눈물은 마른 것처럼 흐르지 않았고 의욕이 사라졌다.

오우거 부산물을 처리하겠다는 생각도, 마법을 배우겠다는 생각도. 자책하는 마음이 그를 지배하고 괴롭혔다.

필립이 무덤에 묻히는 그 순간까지 유델은 아무 말도 못한 채 그 장면을 바라보기만 했다.

그리고 깨달았다.

"나, 나는 유델이었어."

정신을 차린 그가 내뱉은 한마디였다.

어느 날 갑자기 일어난 현상은 그의 일상을 비현실적으로 만들어놓았다.

이곳을 꿈의 세계라 단정 짓고 이곳에서 행하는 모든 것을 현실 세계로 가져가 그곳에서 이득을 취하고자 했다.

물론 이곳에서의 삶도 열심히 했으나 그것뿐이었다. 가족들에게 대하는 것도, 주변 사람을 대하는 것도 진심이 담기지 않았다.

하지만 필립의 죽음은 이곳도 또 하나의 현실이라는 것을 깨닫게 만들었다.

필립은 그를 낳아준 아버지였고, 무뚝뚝하지만 아들을 위하는 아버지였다.

그것을 망각하고 있었다는 사실을 깨닫는 순간 유델은 스스로에게 혐오감을 느꼈다.

강렬한 절망이 그를 휘감았다. 끊임없는 자기비하의 연속이었다. 급기야 이 세상의 구성원이 아닌 자신은 사라져야 한다는 생각까지 들었지만 그를 정신 차리게 만든 것은 현실에서 투병 중인 어머니의 존재였다.

"마법을 배워야 해. 어머니를 고칠 수 있는 것은 마법뿐이야."

그의 안색은 초췌했지만 두 눈은 강렬한 빛을 뿌리고 있었다.

제
5
장

분
노

페트로브 자작가는 유서 깊은 가문이다.

중앙 정계에서 활동하는 귀족들에게는 낯선 이름이었지만 삼백 년 전 왕국이 세워질 당시 함께 세워진 페트로브 자작가는 왕국 남서부 끝에 위치하여 잡음없이 영지를 다스려 왔다.

삼백 년의 통치 기간 동안 적절하게 매겨진 세율을 통해 영지민을 다스리는 법을 정립한 자작가는 인근 영지에서 살기 좋은 곳으로 이름이 났다.

영지는 풍요로워 식량 문제가 일어나지 않았으며, 남부 끝에서 행해지는 몬스터 사냥은 영지의 특산물로 자리매김하기에 부족함이 없었다.

중앙 정계에서는 이름을 떨치지 못하지만 남부 영지 중에서 부족할 것 없는 곳이 바로 이곳이었다.

그러한 페트로브 자작가에 한 손님이 방문했다.

"어서 오십시오, 로만 경."

페트로브 자작은 사십대 초반의 인상 좋은 중년인이었다.

유서 깊은 가문으로서 자부심을 갖고 있는 자작은 높지는 않지만 철저한 자기 관리를 통해 이상적인 몸을 유지하고 있었다.

그의 인사를 받는 인물은 나이를 짐작하기 힘든 노기사였다. 백발이 성성했으나 피부는 나이에 어울리지 않게 팽팽했다. 그리고 두 눈은 푸른 정광이 서려 있었다.

"자작님께서 직접 마중을 나오실 줄 몰랐습니다. 남부에서 이름 높으신 자작님을 뵙게 되어 영광입니다."

"이름 높은 것은 로만 경 아니겠습니까? 소문으로만 듣던 피닉스 기사단의 로만 경을 뵙게 되어 영광입니다."

"환대에 감사드립니다."

"이곳을 방문한 것은 혹시 그 이유인지?"

피닉스 기사단의 로만은 북부에 위치한 아르셀 공작가에서 이름 높고 명망있는 기사이다.

두 왕국을 국경에 접하고 있는 아르셀 공작가는 국제 정세를 훌륭히 활용하며 실용적인 노선을 걸었는데, 전쟁이 일어나게 되면 최전선을 담당하고 있는 곳이기도 했다.

피닉스 기사단은 아르셀 공작가의 제일기사단으로서 공작의 친위기사단임과 동시에 전쟁이 발발할 경우 선봉을 담당하기도 한다.

대부분 평민으로 이루어진 피닉스 기사단은 특이한 전통이 존재했다.

"그렇습니다. 공작 전하의 명을 받아 남부 영지를 다스리는 영주님께 안부 인사를 드릴 겸 후임을 거두고자 방문하게 되었습니다."

페트로브 자작이 물어본 것은 로만의 임무였다.

피닉스 기사단의 기사는 나이 육십이 넘으면 대부분 은퇴를 하는데, 그 까닭은 육체의 노화가 이루어지면서 실력이 급속도로 떨어지기 때문이다.

엑스퍼트 최상급 이상의 경지에 오르면 억지로 육체의 노화를 막을 수 있지만 그 이하의 기사는 그것이 불가능했다.

아르셀 공작가는 은퇴한 노기사들로 하여금 왕국 전역을 떠돌게 하며 후임을 찾도록 하였다.

오랜 세월 전장을 전전한 노기사들의 안목은 훌륭했고, 곳곳에서 숨은 진주와도 같은 인재를 발굴하며 피닉스 기사단의 위명을 이어나갔다.

로만은 피닉스 기사단의 부단장으로 활동하던 인물로, 엑스퍼트 최상급에 올랐으며 나이가 팔십이 넘어 은퇴를 하였다.

은퇴를 했음에도 아직까지 그의 위명이 전해지는 것은 그의 실력이 그만큼 출중하다는 것을 뜻했다.

"공작 전하께서는 영지를 풍요롭게 다스리시는 자작님의 통치에 감탄하고 계십니다."

"하하! 감탄까지야. 전선을 담당하시는 공작 전하야말로 왕국을 수호하시는 검 아니겠습니까? 공작 전하가 계시기에 저 같은 군소 영주가 마음 놓고 영지를 다스릴 수 있겠지요."

"빈말이 아닙니다. 개국 이후 이토록 평화로운 영지는 보기 힘들다고 하시면서 영주로서 가르침을 얻을 수 있다면 꼭 얻어오라는 명령이 있었습니다."

"공작 전하께서 그렇게 말씀하시니 얼굴이 뜨겁군요."

말처럼 페트로브 자작의 얼굴은 붉게 상기되어 있다.

북부 전선을 담당하는 아르셀 공작은 중앙 정계에서도 강한 힘을 발휘하는 대영주였다. 자신의 가문은 이름조차 모르는 귀족이 상당한데 왕국의 영웅이라 칭해지는 그가 이토록 칭찬하니 기분이 좋을 수밖에 없었다.

서로 한껏 높여주며 침이 마르도록 칭찬하니 대화 분위기는 화기애애함 그 자체였다.

로만은 부드럽게 미소를 지으며 말했다.

"기사단의 임무를 수행하는 것이나 달리 보면 자작님의 영지에서 인재를 빼가는 일과 같습니다. 이에 대해 양해를 구하고자 합니다."

"피닉스 기사단의 전통은 익히 듣고 있었고 그런 방법을 채택할 수 있다는 것에 감탄을 하고 있습니다. 인재를 빼앗기는 건 아쉬울 수 있으나 과연 로만 경의 마음에 차는 인재가 우리 영지에 있을지 모르겠습니다."

"허허, 그건 둘러보면 알 것 같습니다. 자작님의 허락에 진심으로 감사드립니다."

"감사할 것 없습니다. 우리 영지에서 피닉스 기사단에 들어갈 인재가 생긴다면 그것만으로도 기쁜 일입니다. 모든 조치를 취해놓을 테니 로만 경은 걱정하지 마시고 영지를 둘러보시길 바랍니다."

"배려에 감사드립니다."

페트로브 자작은 자신이 가로막으려 해도 상대가 아르셀 공작가이기에 긁어 부스럼만 생긴다는 사실을 잘 알고 있었다.

그러느니 흔쾌히 수락하여 영주로서 통 큰 모습을 보여주고자 했다.

그 이면의 다른 속셈은 자신의 영지 출신으로서 피닉스 기사단에 입단하는 인재가 나오길 바라는 마음도 있었다.

사람은 태어나 살아온 고향을 무시하기 힘든 법이다.

풍요로운 남부 영지와 달리 북부 영지는 전쟁 준비와 토양 문제 등으로 척박한 편이었고, 그곳에서의 삶이 힘들수록 고향 생각은 간절해질 것이 분명했다.

그리되면 고향에 대한 애착이 강해질 것이고, 나중에 높은 위치에 오를 경우 여러모로 도움을 받을 수 있을 것임이 분명했다.

"한 가지 조언을 드려도 괜찮겠습니까?"

"고견을 경청하겠습니다."

"남부 영지가 풍요롭다고 하나 몬스터 대지를 접하고 있어 최남단 몇몇 마을은 오늘도 치열한 전투를 벌이며 하루하루를 살아가고 있습니다. 그중에 오우거를 사냥한 사냥꾼도 있지요."

"오우거 슬레이어가 있단 말씀입니까?"

엑스퍼트 상급 이상의 기사가 아니면 사냥하기 힘든 오우거를 사냥했단 말에 로만이 놀란 표정을 지었다.

"사냥으로 먹고살기에 그만큼 사냥 기술이 발달했다는 뜻이지요. 후임을 찾아보시려거든 그곳을 둘러보시길 바랍니다."

"조언 감사합니다."

눈을 빛낸 로만이 감사를 표했다.

사람이라는 것은 환경의 영향을 받기에 매일같이 치열하게 싸워야 살아남을 수 있는 곳에서 살아왔다면 자기관리 면에서 철저할 것임이 분명했다.

'자질만 받쳐준다면.'

두 가지를 겸비한 인재는 왕국 전체를 둘러보아도 그리 많지 않은 것을 감안하면 매력적인 조건이었다.

식사를 마치고 방에 들어온 로만의 얼굴에 이제껏 자리하지 않던 고민이 자리했다.

"기사들의 공백을 채울 수 있는 후임은 많다. 하지만 아직까지 피닉스 기사단을 이끌 만한 재목은 보이지 않았지."

오랜 세월을 살아온 노기사의 안목으로 고른 인재들은 철저한 수련을 거치며 뛰어난 기사로 성장한다.

은퇴한 로만의 동기들은 훌륭한 인재를 선별하여 공작가로 돌아왔다. 하지만 그 어디에도 다음 대 기사단장감은 보이지 않았다.

기사단 전체를 아우르는 통솔력과 카리스마, 용인술과 모두가 납득할 수 있는 무력을 겸비해야 하는 기사단장감은 왕국 전체를 둘러보아도 찾기가 쉽지 않다.

"몬스터와 사투를 벌여온 곳이라……. 기대가 되는군."

필립의 죽음은 마을에 큰 충격을 안겨다 주었다.

마을 제일 사냥꾼인 그는 몬스터가 침공할 시 가장 든든하게 받쳐주던 인물이다. 그런 그가 오우거를 사냥하고 죽음을 당했다는 사실은 커다란 충격을 선사하기에 부족함이 없었다.

"어떡해. 유델의 충격이 컸을 텐데."

에이미는 무뚝뚝하지만 자신을 예뻐하던 필립이 죽었다는

사실에 표정을 찡그렸다.

그녀는 이런 산골 마을보다 평화로운 도시에서 살길 바랐다.

그 이유 중 하나가 언제 몬스터에게 죽을지 모르는 것 때문이었는데, 필립의 죽음은 그녀의 생각을 확고하게 굳어지게 만들었다.

"확실히 필립 아저씨의 죽음은 의외야. 설마 그럴 줄 몰랐어."

방 안으로 건장한 체구의 청년이 들어오며 대답했다. 에이미의 중얼거림을 들은 것이다.

"안스 오빠."

방 안으로 들어온 청년은 에이미의 오빠인 안스였다. 남들보다 힘이 센 그는 여러 명과 어울려 건달 짓을 하는 집안의 망신거리였다.

상종하는 것도 싫었던 에이미의 안색이 자연히 찌푸려졌다.

"에이미, 이곳에서 사는 게 싫지?"

"맞아."

"그건 나도 마찬가지다. 언제 몬스터에게 죽을지 모르는 이곳은 우리에게 반드시 벗어나야 할 곳 중 하나지."

같은 생각이었기에 에이미는 자기도 모르게 고개를 끄덕여 동의를 표했다. 그 모습을 바라보던 안스는 한 걸음 다가와 은근한 어조로 말했다.

"그래서 말인데, 내게 좋은 생각이 있다."

"좋은 생각?"

"마을을 벗어나서 도시에 살 수 있는 방법."

"뭐, 뭔데?"

가장 바라던 부분을 콕 찌르자 에이미의 눈에 이채가 서렸다. 주변을 둘러보고 잠시 뜸을 들이던 안스가 작은 목소리로 말했다.

"이번에 필립 아저씨가 오우거 사냥한 사실을 알고 있지?"

"알고 있어. 아빠랑 엄마도 대단하다고 하시던데."

"그게 비싼 것도 알고 있고?"

"당연한 거 아냐?"

곧바로 대답이 흘러나왔지만 안스의 입가에 비웃음이 걸렸다.

"아직 네가 잘 모르는구나. 오우거의 부산물은 우리가 낭비하지 않으면 평생 동안 먹고살고도 남는 금액이다."

"그, 그 정도였어?"

주변에서 비싸다는 말만 들었지 그 정도 값어치인 줄은 몰랐기에 에이미의 두 눈이 동그랗게 뜨였다.

"오우거 부산물을 팔게 되면 이 마을을 떠나 영지 안으로 들어갈 수 있다. 그리고 그곳에서 가게를 내고 편하게 호의호식하며 살 수 있지."

에이미의 머리가 빠르게 회전했다. 그녀의 머릿속에 오우거 부산물을 팔아 유델과 함께 편히 살아가는 자신의 모습이 그려졌다.

매일같이 목숨의 위협에 처하는 것에 비하면 꿈같은 나날일 것임이 분명했다.

상상의 나래를 펼치는 그녀의 귓가로 안스의 달콤한 속삭임이 들려왔다.

"유델을 설득해. 오우거 부산물이면 우리 모두가 편히 살 수 있어. 그걸 할 수 있는 건 너밖에 없다."

"맞아, 나밖에 없을 거야. 그러니……."

몽롱하게 풀려 있던 에이미가 주먹을 움켜쥐며 각오를 다졌다.

그 모습을 지켜보며 안스는 입꼬리를 말아 올렸다.

정신을 차린 유델이 가장 먼저 한 것은 어머니를 안정시키는 것이었다.

이곳을 또 하나의 현실로 받아들여서일까. 실의에 빠진 어머니의 모습을 보고 있자니 마음이 아파왔다.

슬픔을 감추지 못하던 어머니는 의외로 빠르게 안정을 찾아갔다.

용병으로 살다가 사냥꾼의 삶을 시작한 필립이다.

칼끝에 목숨을 놓고 살아가는 이들은 언제 죽어도 이상하지 않았다.

그래서인지 어느 때나 목숨을 잃을 수 있다는 걸 각오했기에 슬픔을 느낄지언정 떨쳐내는 일이 불가능한 건 아니었다.

"후우."

한고비를 넘기는 데 성공했지만 유델의 표정은 밝지 않았다.

마법을 익혀야 하는 그로서는 앞으로 진행시켜야 할 일이 산적해 있었다.

그것을 모두 처리하는 것이 목표였지만 이곳을 자신의 삶으로 인정한 순간 이곳에서의 인생도 설계를 해야만 했다.

고심하던 그를 찾아온 것은 에이미였다.

산골 마을 출신답지 않게 귀여운 외모를 자랑하는 그녀는 걱정이 깃든 표정을 지었다.

"유델."

"응? 아아, 무슨 일이야?"

"우리가 무슨 일이 있으면 찾아오는 사이였어? 섭섭하게."

살짝 인상을 찡그리는 그녀는 무척 귀여웠지만 별다른 감정이 없는 유델로서는 귀찮게 여겨졌다. 하지만 감정을 겉으로 내색할 수 없는 노릇이어서 고개를 끄덕이며 그녀에게 자리를 권했다.

의자에 앉은 그녀는 입을 다문 채 조용히 유델을 바라보았다.

"할 말이 있으면 해."

"응. 이런 말 꺼내기 좀 그렇지만 앞으로 어떻게 할 거야?"

"그걸⋯⋯."

왜 묻느냐고 물으려던 유델은 멈칫했다.

에이미와 그는 혼약으로 묶여 있는 상황이다. 물론 혼인을 할 생각은 없지만 그녀의 입장에서는 필립이 목숨을 잃은 상황에서 앞으로 진행될 일이 궁금했을 것이다.

"아직 계획은 없어."

"그래? 그럼 내 생각을 들어볼래?"

"말해봐."

승낙이 떨어지자 에이미는 조심스럽게 유델의 눈치를 보더니 생각했던 바를 털어놓았다.

"이곳은 사람이 살기에 적합하지 않다고 생각해. 몬스터의 침공에 시달리는 곳이잖아? 그래서 말인데⋯⋯."

에이미는 도시에서 살고 싶다는 생각을 털어놓았다. 그것은 그녀가 그토록 바라던 바였고 오빠인 안스의 부추김이 있었기에 유델에게 털어놓는 것은 그리 어려운 일이 아니었다.

유델이 묵묵히 듣고 있자 설득되지 않았다고 생각했는지 말을 덧붙였다.

"어머니도 모셔야 하잖아. 그러면 조금이라도 더 안전한 곳에서 사는 게 좋지 않겠어?"

"그렇겠지."

대답하는 유델의 태도는 미지근했다.

그 또한 에이미의 말에 일부분 찬성하는 바였다. 하지만 그녀가 무슨 의도로 도시에서 살 것을 권유하는지 알고 있었기에 선뜻 승낙하기 어려웠다.

"하지만 도시에 정착하려면 비용이 만만치 않다는 걸 알텐데?"

"오우거 부산물이 있잖아? 그거라면……."

"됐어!"

유델이 목소리를 높여 그녀의 말을 끊었다.

그 모습에 겁을 먹은 에이미가 입을 다물었다.

그는 조용히 그녀를 바라보았다. 눈빛이 곱지 않자 에이미는 가늘게 떨며 고개를 숙였다.

그녀는 도시에서의 삶을 동경하여 필립의 목숨과 맞바꾼 오우거 부산물을 언급한 것이다.

유델이 보기에 에이미는 현실 세계의 된장녀와 다를 바 없었다.

이것은 필립의 목숨과도 같은 것이고 유델에게 있어서는 마법을 배울 수 있는 소중한 것이었다. 그녀의 말 일부분은 옳았으나 자신과 어머니를 위한다기보다는 제 스스로를 위하는 것 같아 좋게 볼 수 없었다.

"도시에 정착하는 건 생각해 보겠어. 하지만 지금 당장은 결정 내리지 않을 거야. 마음이 좋지 않으니 이만 자리를 비켜줄래?"

"으응. 아, 알았어."

강경한 유델의 반응에 에이미는 말을 더 잇지 못하고 자리를 벗어났다.

그 뒷모습을 바라보는 그의 눈은 곱지 않았다.

그날 이후, 에이미는 매일 유델을 찾아가 설득하여 마음을 돌리고자 했다.

그럴수록 그녀에게 정나미가 떨어진 유델의 태도는 점점 차갑게 변해갔다.

그를 설득하기 힘들다는 것을 눈치챈 그녀는 방법을 선회했다.

유델을 직접 설득하는 것이 아니라 어머니를 설득하는 것으로 방법을 선회한 것이다.

아들도 사냥꾼이 되어 남편의 전철을 밟을 것이라 생각했던 것일까. 에이미의 설득에 넘어간 어머니는 유델을 찾아와 자신의 생각을 전했다.

"영지로 들어가 사는 게 어떠니? 남편을 잃고 아들까지 잃기 싫단다."

"일단 생각을 해볼게요."

"결정을 해주렴. 어미를 위해 그 정도도 못해주는 거니?"

쉽게 물러서지 않는 모습에 유델은 에이미에게 치미는 화를 간신히 참아내며 설득했다. 당장 답을 바랐기에 영지로 들어가되 계획을 세워 성공적으로 정착할 수 있게 하겠다는 말을 덧붙이자 어머니의 성화도 어느 정도 가라앉았다.

하지만 에이미에 대한 그의 마음은 돌이킬 수 없을 정도로 차갑게 식어버렸다.

그녀를 찾아간 유델은 간단하게 말했다.

"나와 어머니는 영지로 들어갈 거야. 하지만 너와는 혼인하지 않겠어."

"그, 그게 무슨 말이야?"

"파혼하겠다는 이야기야."

에이미의 안색이 파랗게 질렸다.

그녀가 어머니를 설득하여 도시로 가게끔 유도한 것은 자신과 가족도 함께 가기 위함이었다. 그런데 파혼을 선언하고 남남이 되어버리면 도시로 가는 것은 물거품이 되어버린다.

"어, 어째서?"

그녀의 머릿속에는 여전히 도시에서 풍족한 삶을 사는 자신의 모습이 상상되고 있었다.

"난 네가 그리 싫지 않았어. 하지만 방법이 잘못되었다고 생각하지 않아? 아버지가 돌아가신 지 얼마나 되었다고 벌써부터 도시로 가느니 마느니 하는 건데? 오우거 부산물은 이미 사용할 곳이 정해졌어. 그런데 그걸 네 멋대로 정한다는 게 말이 된다고 생각해?"

꿈꿔왔던 일상이 산산조각 났다.

파랗게 질렸던 그녀의 표정이 서서히 경직되었다.

어린 시절부터 또래 여자애 중 가장 예쁜 외모로 마을 남자 아이들의 추앙을 받아온 그녀다. 마을에서 최고가 아니면 취급하지 않았고, 그 자존심도 제법 높았다.

그녀가 자존심을 굽히고 유델과 어머니를 설득했던 것도 도시에서 풍족한 삶을 살기 위함이었다.

하지만 그것도 모두 무너지면서 그녀의 자존심에 금이 갔다.

"나한테 이렇게 대하는 게 말이 돼?"

"남보다 자기부터 생각하는 네 모습이 진절머리가 난다. 이제부터 우리는 남남이다. 앞으로 아는 척하지 않았으면 좋겠어."

냉정하게 말을 끝맺은 유델이 자리에서 일어나 밖으로 나갔다. 자리에서 일어나 그를 붙잡으려던 에이미의 몸이 비틀거렸다.

그녀를 부축한 것은 마침 안으로 들어오던 안스였다.

"괜찮냐?"

"오, 오빠, 어떻게 해? 유델이 나랑 파혼하겠대."

"뭐?"

눈물을 머금은 에이미는 유델이 했던 이야기를 안스에게 전했다. 그녀가 눈물을 흘리는 것은 유델에게 각별한 애정을 가져서가 아니다. 그의 파혼 선언은 그녀의 자존심에 금을 가게 만들었고, 태어나서 한 번도 느껴보지 못했던 분한 감정을 느끼게 했다.

이야기를 전해 들은 안스의 표정이 굳었다가 이내 비릿한 미소가 지어졌다.

"괜찮아. 방법은 있다."

"바, 방법이 있어?"

"그래. 오히려 더 좋은 방법이겠지."

"어떤 방법인데?"

눈물을 닦아낸 에이미의 눈에 독기가 일렁였다.

잠시 뜸을 들이던 안스는 자신이 생각한 바를 털어놓았다.

"내가 건달 생활을 하면서 이리저리 연줄을 만들어놓았지. 그리고 그것은……."

안스가 털어놓은 방법은 산골 마을 소녀인 에이미가 생각할 수 없는 잔혹한 것이었다.

그가 말한 방법은 간단했지만 무서웠다.

바로 용병을 고용하여 유델을 손봐주고 오우거 부산물을 훔치는 것이었다.

혼인으로 엮여 있다면 손을 쓰기 힘들겠지만 남남이 된 상황이라면 거칠 것이 없었다.

방법을 전해 들은 에이미는 파랗게 질려 고개를 저었다.

"마, 말도 안 돼. 그런 방법을 사용하면 유델은 어떻게 하고?"

"널 버린 남자다. 그런 데 베풀 자비가 있어? 생각해 봐라. 오우거 부산물을 얻으면 우리는 도시로 가서 풍족하게 살 수 있다. 넌 그게 싫냐?"

"시, 싫진 않아. 하지만……."

"네게 상처를 줬어. 그리고 필립 아저씨가 죽은 이상 유델은 최고의 남자가 아니야."

안스의 속삭임은 상처 입은 에이미의 자존심에 정확하게 스며들었다. 그녀는 갈등에 빠졌다. 그의 제안은 달콤했지만 성공할 경우 유델에게 미안함을 느낄 것 같았다.

갈등하는 그녀에게 다시 한 번 악마의 속삭임이 들려왔다.

"다시 한 번 말하지만 그는 널 버렸어. 네 제안을 거절하고 네게 상처를 입혔으니 대가를 치르는 건 당연한 일이야."

그것이 결정적이었다.

자신의 마음을 이렇게 헤집어놓고 유델만 편하게 지내는 것은 그녀가 원하는 바가 아니었다.

입술을 꼭 깨문 그녀는 고개를 끄덕였다.

"오빠 말에 따를게."

"나만 믿어라."

안스의 미소는 비열했다.

안내인을 붙여주겠다는 페트로브 자작의 호의를 물리친

로만은 본격적으로 인재 탐방에 나섰다.

세상에는 수많은 사람들이 각자 주어진 환경에 적응하며 살아간다. 그중에는 천부적인 재능을 타고난 자가 있고, 환경에 적응하며 두각을 드러내는 자가 있다.

"이 정도일 줄은 몰랐군."

풍족한 남부 영지에서 자질과 치열함을 갖춘 인재를 찾는 일은 지난한 일이라 여겼던 로만은 선입견을 가진 자신을 반성했다.

몬스터를 상대하며 살아가는 산골 마을의 사람들은 치열한 삶을 이어나갔다.

그것은 마치 전선에서 적을 경계하는 병사와도 같아 원하는 바를 이룰 수 있을 것 같은 희망에 마음이 들뜨는 것을 가라앉혀야만 했다.

"이런 곳에 자질을 지닌 아이가 있다면……."

그가 원하는 환경과 자질이 만나면서 원하는 모든 것이 충족될 것이라 생각했다.

입가에 미소를 지은 로만은 마을 입구로 들어섰다.

은퇴한 노기사였지만 그가 입고 있는 갑주는 한눈에 보아도 범상치 않았다.

그것은 삼엄한 경계망과 장애물, 목책 등을 무력화시키는 효력을 발휘했다.

"어떤 일로 방문하셨습니까?"

"개인적인 용무로 찾아왔네. 해를 끼칠 일은 없으니 안심하게나."

경계심 가득한 마을 병사의 물음에 로만은 미소를 지어 보였다.

"몬스터 준동이 심상치 않아 결례를 저질렀습니다."

"이해하네. 목숨과 직결된 일이니 신경이 곤두설 수밖에. 몬스터가 등장하면 나도 한손 거들겠네."

"감사합니다."

기사 작위는 엑스퍼트에 올라야만 주어지기에 로만의 가세는 산골 마을에 있어 천군만마와 같았다.

"이곳에 오우거 슬레이어가 있다고 들었는데."

"아! 그런데 그분은 목숨을 잃으셨습니다."

"저런, 안타까운 일이군. 어디 살고 있는지 알고 있나?"

"필립 아저씨를 알고 계십니까?"

고개를 저은 로만이 말했다.

"오우거를 사냥한 이에게 경애를 표하기 위함이네."

"아! 그렇군요. 그곳은……."

"고맙네."

병사의 자세한 설명에 로만은 걸음을 옮겼다. 그리고 아쉬움을 느꼈다. 오우거를 사냥할 정도라면 출중한 인물일 확률이 높은데 죽어버렸으니 마을을 찾아온 의도가 반쯤 허사로 돌아간 셈이다.

"제대로 묶었냐?"

"완벽하니 걱정 마라. 그나저나 오우거 부산물은 찾았냐?"

"찾았다. 이거 완전 병신이네? 이 귀한 걸 숨겨놓지 않고."

"그러니 우리가 이득을 보는 거지. 크크! 한 건 했구나."

"몇 달은 주구장창 놀 수 있겠군."

수군거리는 소리에 잠에서 깬 유델은 눈앞에 펼쳐진 광경에 잠에 달아나는 것을 느꼈다.

몸을 움직이고자 했지만 밧줄이 묶여 옴짝달싹할 수 없었다.

"야, 이 녀석 일어났는데?"

그의 앞에 모습을 드러낸 것은 건장한 체구에 험상궂은 인상의 사내들이었다. 용병으로 보이는 그들은 인상을 찡그리는 유델을 보며 키득거렸다.

"크큭! 움직이려고 해도 쉽지 않을 거다. 이래 보여도 포박에는 자신이 있거든."

"이렇게 보니 아직 어린 녀석인데? 그러니 보물을 두고 경계를 하지 않은 거겠지."

용병들이 이야기를 나누는 모습을 보며 유델의 표정이 차분하게 변했다.

그들이 무슨 이유로 집에 침입했는지 알 수 있었다. 산골 마을은 구성원이 되면 한 가족 같은 동질감을 지니지만 그전까지는 외부인에게 배타적이다. 처음 보는 이들은 분명 외부인임이 분명했다.

"오우거 부산물을 훔치러 왔군."

"그걸 이제 알았다면 좀 늦었는데?"

"어떻게 알았지?"

"이미 영지에 오우거 슬레이어가 나왔다는 말이 자자하더군. 정작 죽은지는 몰랐지만."

유델은 그의 말에서 허점을 발견했다.

필립의 죽음을 몰랐다면 그들이 감히 오우거 부산물을 훔치러 올 수 없었을 것이다.

엑스퍼트 상급 이상의 기사만 잡을 수 있다고 알려진 오우거를 사냥했다면 그 또한 엑스퍼트급의 실력자란 이야기다.

건들거리는 세 용병에게서 마나의 기운을 느낄 수 없었다. 한마디로 말해서 동네 건달보다 조금 나은 수준이라는 뜻이다.

"누가 시켰지?"

"뭐? 너, 어떻게 알았냐?"

한 용병이 눈에 띄게 움찔하면서 되묻자 다른 두 용병이 욕설을 내뱉으며 타박했다.

"이 병신아! 그걸 실토하는 새끼가 어디 있냐?"

"모른 척해도 되잖아. 미친 새끼."

"아! 실수했네. 비밀을 알아버렸으니 죽여야 하나? 애초에

원하는 건 적당히 만져주고 오우거 부산물을 훔치는 거였잖
아?"

그 말에 다른 두 용병이 코웃음 쳤다.

"처음부터 지킬 생각도 없었다. 의뢰한 녀석도 죽이면 되
는데 우리가 왜 부산물을 나누냐?"

"그렇지. 크큭! 그나저나 의뢰한 녀석의 여동생 미색이 제
법 반반하던데? 어때, 죽이고 같이 즐기는 건?"

한 용병의 제안에 두 용병의 안색이 밝아졌다. 처음은 어렵
지만 한 번 저지르면 두 번, 세 번은 쉬운 법이다.

"나쁘지 않군. 그년 아직 사내 맛도 보지 못한 것 같은데
내가 가장 먼저 하지."

"미친 새끼! 넌 비밀 실토한 죄로 가장 마지막이다."

"제기랄! 대신 부산물 몫은 정확히 셋으로 나눠라?"

유델은 조용히 침묵하며 그들의 말을 통해 머릿속으로 정
리하고 있었다.

'여동생의 미색이 반반해? 에이미에게는 건달인 안스가 있
다. 그러면 이 녀석들에게 의뢰를 한 건……'

싸늘하게 가라앉는 유델의 눈빛.

그사이 잠에서 깬 어머니는 용병들을 보고 화들짝 놀랐다.

"뭐, 뭐야? 너희들은 누구야?"

"아씨! 깨버렸네. 아주머니, 우린 조용히 챙길 것만 챙기고
갈 테니 입 좀 다무슈."

"그러게. 평소라면 덮쳤을 테지만 우리가 지금 기분 좋으니 봐주겠어."

킬킬거리며 음담패설을 내뱉는 그들이었지만 어머니의 귀에 그들의 말은 들리지 않았다. 남편의 목숨과 맞바꾼 오우거 부산물은 그들에게 쉽게 내줄 수 없는 귀중한 보물이었다.

악에 받친 그녀가 소리 질렀다.

"닥쳐! 그건 내 남편이 목숨과 맞바꾼 거야! 너희 같은 건달 녀석들에게 넘겨줄 수 없어!"

"이, 이 아줌마가 미쳤나?"

바락바락 소리를 지르자 그들은 깜짝 놀라며 당황했다. 밖에서 누군가 듣고 끼어든다면 상황은 최악으로 흘러갈 것이 분명했다.

"야, 기절시켜."

당황 섞인 말에 옆에 서 있던 용병이 주먹을 휘둘러 그녀의 머리를 후려쳤다.

퍽! 하는 둔중한 소리가 울려 퍼지며 기울어진 그녀의 머리가 바닥과 강하게 부딪쳤다.

날카로운 여자의 목소리가 가득하던 집안이 조용해지자 안심한 그들은 바닥에 피가 흥건해지는 걸 보고 안색이 파랗게 질렸다.

"야, 야! 너 어떻게 때린 거야?"

"이, 이렇게 치는 게 아니었나? 분명 이러면 기절시킬 수 있다고 했는데……."

"주, 죽었어."

숨 쉬지 않는 것을 확인한 용병이 숨넘어가는 목소리로 말했다.

"……"

상황을 지켜보던 유델은 한순간 정신이 나갔다.

지금 이 순간이 꿈인지 현실인지 분간이 가지 않았다.

'어머니가?

죽었다고? 어머니가 죽었단 말인가?

웃기는 희극에서나 나올 법한 일이다.

머리를 맞고 잘못 부딪쳐 목숨을 잃는 그런 말도 안 되는 삼류 희극.

하지만 그것이 현실로 일어났다. 지금 벌어진 모든 일이 현실로 와 닿지 않았다.

그래서 유델은 현실을 부인하려 했다.

하지만 분명한 사실은 바닥에 피를 흘리며 쓰러져 있는 여인은 어머니고 호흡이 느껴지지 않는다는 것이다.

그것이 의미하는 바는 자명했다.

"어머니가 죽어? 죽었다고? 웃기는군, 웃겨."

기준의 자아는 어머니의 죽음을 담담하게 받아들였다.

이 세계는 원래 그런 곳이니까.

사람의 목숨이 존중받는 것은 고귀한 귀족뿐이다. 평민부터는 귀족의 변덕에 언제든지 목숨을 잃을 수 있는 하루살이 목숨에 지나지 않았다.

하지만 그 속에 흡수된 유델의 자아는 달랐다.

그를 낳아주고 길러준 어머니의 죽음이다. 아버지는 사냥꾼으로서 숲의 포식자인 오우거를 사냥하고 목숨을 잃었지만 어머니는 이렇게 죽어서는 안 됐다.

삼류 용병들의 실수에 의해 죽음을 맞이하는 그런 죽음은 한마디로 개죽음이다.

어머니로 모시겠다고 다짐하고 행복하게 해주겠다고 다짐한 것이 불과 며칠 전이다. 이제는 그러한 결심도 한낱 과거의 다짐이 되어버렸다.

부들부들 몸을 떨던 유델이 감추고 있던 힘을 개방하자 몸을 속박하던 밧줄이 힘을 이기지 못하고 찢어졌다.

"어, 어어?"

용병들이 놀란 사이 몸을 일으킨 유델은 숨겨뒀던 검을 찾아 꺼내 들었다.

날카로운 예기가 느껴지는 검을 보면서 용병들의 눈빛이 바뀌었다.

겁을 먹어서?

그것이 아니라 한눈에 보아도 값비싸 보이는 검을 보아서이다.

"비싸 보이는데?"

"흐흐, 나쁘지 않군."

"이미 죽은 건 어쩔 수 없지. 너도 죽어줘야겠다."

사람을 죽여 놓고 반성은커녕 잘됐다고 웃는 녀석들을 보며 유델은 한 점 남아 있던 살인의 망설임이 사라지는 것을 느꼈다.

검끝에서 강렬한 예기가 소용돌이치는 순간, 푸른 오러가 검을 감싸기 시작했다.

득의양양하던 용병들의 표정이 썩은 감자처럼 변하는 것은 순식간이었다.

"오, 오러?"

"마, 말도 안 돼!"

"제기랄! 거짓말 치지 말라고!"

오러를 일으킬 수 있다는 것은 엑스퍼트의 경지에 도달했다는 뜻이다.

용병 중에서 엑스퍼트는 극히 드물다. 오러를 일으킬 줄 안다면 그 용병은 즉시 신분 조회와 함께 A급으로 임명받는다.

집을 습격한 그들은 돈만 내면 아무에게나 발급해 주는 D급이다. 기껏해야 불량배 수준을 웃도는 그들이 오러를 일으킬 수 있는 유델을 감당할 리 없었다.

"날 죽이려 했으니 죽여도 상관없겠지."

"으아아아!"

비명을 지른 그들은 뒤도 돌아보지 않고 도망쳤다.

그 모습을 눈에 담으며 유델은 다리에 힘을 주어 땅을 박찼
다.

응징의 시간이다.

제
6
장

거래

용병들은 집을 나서 뿔뿔이 흩어져 도망치고자 했다.

유델은 그들을 놓아줄 생각이 전혀 없었다. 머리끝까지 차오른 분노를 달랠 수 있는 것은 오로지 용병들의 목숨뿐이다.

다리에 마나를 순환시켜 땅을 박차자 그의 신형이 섬광처럼 쏘아졌다. 밖을 벗어난 그의 신형은 순식간에 용병의 뒤로 따라붙었다.

뒤에서 느껴지는 기척에 고개를 돌렸던 용병은 지척에 접근한 유델을 보고 경악했다.

"마, 말도 안 돼! 크아아악!"

경악성을 터뜨리기가 무섭게 비명 소리가 울려 퍼졌다. 푸른빛이 감도는 그의 검이 다리를 베어버린 것이다. 잘려 나간 다리는 붉은 피를 뿌리며 땅바닥을 뒹굴었다.

"동료들을 데려올 테니 자리에 있도록."

기동성을 봉쇄한 유델의 신형은 흩어진 두 용병을 쫓았다.

집을 나서기가 무섭게 하나를 제압했기에 다른 둘을 제압하는 것은 마나를 활용하여 신체 능력을 비약적으로 끌어올린 유델에게 있어서 어려운 일이 아니었다.

집 앞으로 끌려온 다른 두 용병은 팔다리가 하나씩 잘려 있었다.

"크흐흐."

과도하게 피를 흘린 그들의 안색은 창백했다. 피가 흘러 바닥을 흥건히 적시고 있었지만 유델의 눈동자는 냉정하게 가라앉아 있었다.

한 용병은 살려달라고 애걸하였으며, 다른 용병은 실성한 듯 입을 헤 벌린 채 침을 흘리고 있었다.

애처롭기 그지없는 모습이다.

현실의 기준이 이곳 세계를 경험하지 못했다면 구역질을 하며 외면했을 것이다.

하지만 그들은 어머니를 죽인 쓰레기들이다.

남의 것을 탐하고 약자들에게 강한 그들은 세상에 존재할 가치가 없었다.

"죽어라."

유델은 한 점 망설임 없이 어머니를 죽인 녀석의 심장에 검을 꽂아 넣었다.

물고기처럼 몸을 떨며 죽어가는 모습은 당연한 결말이었지만 분노는 가라앉지 않고 더욱 커져갔다.

그것은 그들에게 표출하는 분노이기도 했고 동시에 자신을 향한 것이기도 했다.

상황을 주시하고 미처 대처하지 못한 행동은 어머니의 죽음을 불러오고 말았다.

좀 더 세심하게 상황을 파악하고 대처했다면 어머니의 죽음은 없었을 것이다.

'내 탓이다.'

분노를 풀 곳이 필요했다.

한 녀석을 죽인 것으로 부족했다. 어머니의 죽음에 일조한 이들을 모두 갈가리 찢어버리고 싶었다.

심장이 꿰뚫린 용병의 몸이 축 늘어지자 다른 두 용병의 몸이 사시나무처럼 떨렸다.

자신의 목숨은 귀중한 줄 알면서 다른 사람의 목숨은 귀중한 줄 모른다.

그들의 모습이 처음부터 끝까지 역겹게 느껴졌다.

더러운 기분을 떨쳐내고자 검을 휘두르니 목이 잘린 용병이 허무하게 생을 마감했다.

마지막 남은 용병은 죽은 동료를 보며 이를 딱딱 부딪쳤다.

어찌나 두려웠는지 오줌을 지려 바지가 축축하게 젖어 있었다.

팔다리가 하나씩 잘려 처참한 모습이었지만 동정심 따위는 들지 않았다.

검을 휘둘러 남은 팔과 다리를 베었다.

"끄아악!"

처참한 비명 소리와 함께 붉은 피가 바닥을 적셨다.

그래도 부족했다. 사지가 잘려 바동거리는 이 녀석의 목숨만이 억울하게 돌아가신 어머니의 혼을 달래줄 수 있다.

마지막 처리를 위해 검을 들자, 먼 곳에서 노호성이 들려왔다.

"무슨 짓이냐!"

귓가에 쩌렁쩌렁 울려 퍼지는 목소리에 고개를 드니 백발이 성성한 노기사가 매서운 기세를 표출하고 있었다.

얼마나 강한지 감히 짐작하기 힘들 정도다. 하지만 유델은 개의치 않았다. 멀리서 노기사의 멈추라는 말이 들렸지만 신경 쓰지 않고 검을 휘둘렀다.

목이 잘린 용병의 몸이 썩은 나무처럼 무너져 내렸다.

붉은 피가 사방에 튀었다. 유델은 그것을 피하지 않고 자리를 지켰다.

어느새 그의 앞을 막아선 노기사는 후임을 찾기 위해 마을을 방문한 로만이었다.

그는 눈앞에 펼쳐진 광경을 보고 몸을 떨었다.

"어찌 이런 처참한 짓을……."

전장에서는 이보다 더 참혹한 모습을 보지만 이러한 상황을 연출한 이가 어린 소년이라는 사실이 믿기지 않았다.

분노가 담긴 시선을 받으며 유델은 담담히 대답했다.

"이들은 내 어머니를 죽였습니다."

"……."

분노를 표출하던 로만의 입이 닫혔다. 하지만 유델의 말은 계속 이어졌다.

"아버지가 사냥하신 오우거 부산물을 탐내더군요. 전 조용히 상황을 주시하려 했습니다. 하지만 어설픈 대처는 어머니의 죽음을 불러오고 말았습니다. 전 이들의 죽음으로 만족하지 않습니다. 오우거 부산물을 가져오라 사주한 자와 그의 가족들을 모조리 죽여 버릴 것입니다."

"이들이 어미를 죽였다면 대응은 정당하다. 하지만 사주한 이를 죽이는 것은 과하다."

"사주하지 않았다면 이런 일은 벌어지지 않았을 것입니다."

"자세한 연유를 파악한 뒤 행동해도 늦지 않다."

"그럴수록 제 분노는 커질 뿐입니다."

로만은 눈앞의 소년을 막아야 한다는 생각이 들었다. 분노에 휩싸인 그를 가만히 놔두면 광기에 물들어 살인마가 되어

버릴 가능성이 높았다:

고급스러운 장식이 돋보이는 검집에서 검을 뽑아 들었다. 그것은 전장에서 공을 세운 그에게 아르셀 공작이 직접 하사한 보검이었다.

유델에게 검을 겨눈 로만이 입을 열었다.

"비록 은퇴했으나 기사 서임을 받고 기사도를 충실히 지켜 왔다. 너는 지금 분노로 인해 이성을 잃고 행동하고 있다. 무고한 사람이 다치지 않도록 너를 막는 것이 나의 기사도다."

"제게 피해를 끼친 자는 모두 죽여 원한을 해소할 것입니다. 기사라 하더라도 제 앞을 가로막을 수는 없습니다."

말과 동시에 유델의 검이 로만에게 쇄도했다.

기연을 통해 정통 검술을 익혔지만 그의 근본을 차지하고 있는 것은 철저한 실전 끝에 창안된 필살 검술이다. 상대방과 대화를 나누며 틈을 노리는 기술은 기본 중의 기본에 속했다.

갑작스러운 기습이었지만 로만은 당황하지 않고 침착하게 대응했다. 전장을 전전한 노기사에게 이러한 상황은 몸이 반응할 정도로 당연한 일이었다.

'검을 베고 제압해야겠군.'

소년을 안정시키는 것이 우선이라 생각한 로만은 오러를 사용하여 실력의 격차를 보이고자 했다.

숙련된 검사일 경우는 상관없지만 아직 어린 소년이기에 더욱 위험했다. 어설프기에 예상이 불가능했던 것이다.

하지만 상황은 그의 예상과 다르게 흘러가기 시작했다.

두 검이 충돌하는 순간 꽝! 하는 소리가 울려 퍼지며 푸른 빛이 사방으로 뻗어 나간 것이다.

로만의 얼굴에 놀라움이 번져 나갔다.

열다섯 전후로 보이는 소년의 검에 서린 것은 분명 오러였던 것이다.

'말도 안 돼. 내가 본 것이 헛것이 아니란 말인가.'

그사이 소년의 공격이 이어졌다.

눈을 현혹시킬 정도로 빠르게 쇄도하는 검술은 로만의 빈틈을 정확하게 꿰뚫고 있었다.

나이가 많아 신체 능력이 떨어지지만 전장에서 겪은 경험으로 어린 기사들이 얻지 못한 통찰력을 얻은 로만이다. 몸을 틀고 검을 휘두름으로써 빈틈을 해소하고 날카로운 반격을 가했다.

엑스퍼트 최상급을 뛰어넘으면 마스터가 되고 그때는 검을 휘두르기에 최적화된 신체를 얻게 되지만 그러지 못한 기사는 서서히 노화가 진행되면서 현저한 기량 저하를 보인다.

웅혼한 마나가 존재하지만 그것을 발휘할 육체가 제 기량을 발휘하지 못하는 것이다.

비유하자면 대야 속에 물이 가득하나 대야가 녹이 슬어 물을 제대로 활용할 수 없는 경우이다.

로만은 엑스퍼트 최상급에 올라 웅혼한 마나양으로 노화를 억눌렀지만 제 기량을 모두 발휘하기에는 어려움이 따랐다.

그럼에도 그의 기량은 현역 기사와 비교해도 낮지 않는 수준이었다.

유델의 공세가 이어질수록 로만의 감탄은 늘어만 갔다.

'허어!'

눈앞의 소년은 정녕 놀라운 실력을 지녔다.

세상이 검을 수련하는 자를 두고 천재와 기재, 범재를 판가름하는 기준은 당사자가 이룩하는 경지를 두고 말한다.

열 살에 검을 수련하기 시작한 걸 기준으로 서른 전후에 엑스퍼트에 오르면 범재, 스물다섯 전후에 오르면 기재, 그리고 스물 전후에 오르는 자들을 천재라 칭한다.

이들 모두가 마나에 대한 친화력이 있고 꾸준한 수련을 병행한다고 봤을 때, 열다섯 전후로 보이는 유델의 성취는 가히 전무후무한 수준이었다.

로만은 유델의 모든 전력을 보고 싶었다. 노쇠한 그가 유델의 전력을 끌어내기 위해서는 그 또한 압도적인 힘을 발휘해야 했다.

기사가 나이가 들고 은퇴하는 이유는 기량을 발휘할 수 있는 시간이 현저히 짧아지기 때문이다.

그는 기꺼이 그것을 감수하기로 마음먹고 검에 마나를 불어넣었다. 푸른빛이 짙어지며 웅웅거리는 공명음이 울려 퍼졌다.

유델이 일방적으로 공세를 퍼붓던 상황이 달라지기 시작
했다.

로만의 공격은 유델처럼 매섭기보다는 서늘했다.

풍부한 경험에서 우러나오는 그의 공격은 잠깐 검을 마주
대고 있음에도 불구하고 유델의 장단점을 파악하여 교묘하게
파고들었다.

유델이 혈기 넘치는 사자라면 로만은 산전수전 다 겪은 노
회한 여우였다.

빈틈을 파고드는 공격을 마주할 때마다 유델의 공격은 맥
이 끊기고 수세로 전환해야만 했다.

그것을 감지한 유델의 표정이 저절로 일그러졌다.

"칫!"

기사였고 나이 많은 노인이기에 적당히 밀어붙이려던 유
델은 상대가 전력을 발휘하며 압박하자 입술을 질겅질겅 씹
으며 검을 잡은 손에 힘을 주었다.

엑스퍼트에 오른 지 얼마 되지 않은 그였기에 마나 보유량
에 한계가 존재했다.

물론 그를 고민에 빠지게 만든 건 마나 보유량보다 자신의
실력 발휘 여부였다.

필립에게 배운 검술을 위주로 검을 전개했지만 이 이상 나
가게 되면 기연을 통해 얻은 검술을 선보여야 한다.

또 그를 멈추게 한 것은 짧은 순간 자신이 익힌 실전 검술

의 장단점을 파악해 버린 노기사의 통찰력이었다. 모든 것을 내보이기에는 그의 존재가 부담스러웠다.

무엇보다 노기사와 자신은 목숨을 걸고 싸울 관계가 아니었다. 더 이상 힘을 선보이면 난감한 상황에 처할 것이란 계산이 서자 검을 회수하고 뒤로 물러섰다.

유델이 더 달려들 것이라 생각했던 로만으로서는 예상치 못한 대응이었다.

"더 하지 않나? 날 넘지 못하면 복수는 할 수 없다."

"제 실력은 기사님에게 미치지 못합니다. 이대로 전투를 벌이면 제가 지게 될 것이 분명합니다. 하지만 제 복수가 끝나는 것은 아닙니다."

"무슨 뜻인지 물어봐도 되겠나?"

"전 이곳에 사는 사람이고 기사님은 이곳을 떠나야 하는 입장입니다. 기사님이 떠나는 순간 저는 제 복수를 위해 움직일 것입니다."

로만의 표정이 굳었다. 설마하니 어린 소년이 한발 물러서서 분노를 다스리고 실리를 취할 줄은 몰랐던 것이다.

하지만 그 생각이 든 것도 잠시였다.

'이상하군.'

"내게 말한 것은 다른 이유가 있는 것으로 들린다만?"

"기사님이 말씀하신 것처럼 복수를 위해 무고한 사람을 해치는 건 옳지 못하다는 걸 깨달았습니다. 하지만 분노는 제 스스로를 다스리지 못하고 모든 것을 파괴하라 명령했습니다. 이를 받아주신 기사님 덕택에 정신을 차릴 수 있게 되었습니다. 감사합니다."

"……."

로만은 아무 말도 하지 않고 유델을 바라보았다.

표정으로 드러나지는 않았지만 그는 속으로 경악에 가까운 감탄을 하고 있었다.

그는 유델의 세 가지 용기에 감탄했다.

자신의 실수를 인정할 줄 아는 용기와 검을 맞댔던 상대에게 감사할 줄 아는 용기, 그리고 기사인 자신에게 당당히 의견을 말하는 용기였다.

'이 아이다.'

그토록 찾던 아이가 눈앞에 있다는 걸 깨닫게 되자 절로 희열에 몸이 떨렸다.

"그럼 어떻게 할 생각인가?"

"무고한 사람을 해치는 건 잘못되었다고 생각하나 사주한 자까지 용서하기에는 제 분노가 작지 않습니다. 죽음을 떠올릴 정도로 큰 벌을 주려고 합니다."

"그것으로 분노가 모두 풀리겠는가?"

"사주한 자는 저와 어머니를 죽이라 하지 않았습니다. 어머니를 죽인 것은 용병들이죠. 하지만 사주한 자 또한 책임이 없다고 말할 수 없습니다. 마음 같아선 죽이고 싶습니다."

지금 이 순간에도 유델의 몸은 분노로 가늘게 떨리고 있었다.

지켜보던 로만은 제삼자인 자신이 관여할 부분을 벗어났다는 걸 느꼈다.

"검을 든 자는 언제나 고민을 해야 하지. 불행은 아쉬우나 복수로 또 다른 불행을 낳을 수 있다는 것을 염두에 두도록 하게."

"조언 감사드립니다. 하지만 저는 고결한 기사가 아니기에 세상의 정의가 어긋나지 않는 선에서 제 마음이 가는 그대로 행하려고 합니다."

흔들리지 않는 모습에 로만은 더 말하지 못하고 비켜섰다. 유델이 옆을 지나치자 로만이 말했다.

"모든 볼일이 끝나면 나와 대화를 나눌 수 있겠나?"

"그러겠습니다."

고개를 살짝 숙인 뒤 멀어지는 뒷모습을 로만은 조용히 응시하고 있었다.

오우거 부산물을 탐냈던 안스는 유델에게 죽도록 맞았다.

사주했던 용병들이 성공할 줄 알고 기다리던 그는 유델이 나타나 다짜고짜 패기 시작하자 영문도 모른 채 언어맞고 말았다.

나름 마을에서 건달 생활을 했던 이답게 욕설을 내뱉으며 유델을 때려눕히려 했지만 반격은커녕 매만 벌며 얻어맞아야 했다.

놀란 가족이 말리고자 했지만 살벌한 모습에 기가 질렸다.

"네가 어떻게 이럴 수 있느냐!"

일을 보던 촌장은 형편없이 얻어맞고 있는 안스를 보곤 유델에게 분노를 토했다.

하지만 이어진 말에 입을 다물 수밖에 없었다.

"오우거 부산물을 탐낸 당신 아들 때문에 어머니가 죽었습니다."

진실이 밝혀지자 경악이 번져 나갔다. 안스가 건들거리고 다니는 것은 알고 있었지만 설마하니 오우거 부산물을 탐내 용병에게 사주할 줄 몰랐던 것이다.

죽일 의도가 없었다고 바락바락 소리를 질렀지만 결과가 모든 것을 말해주는 법. 죽이지 않겠다는 유델의 말에 촌장이 할 수 있는 것은 감사의 인사뿐이었다.

온몸이 피멍으로 뒤덮인 안스의 모습은 잘 다져진 고기와도 같았다. 꿈틀거리는 모습이 혐오스러울 정도여서 모두 고개를 돌려 외면하고 말았다.

말없이 그를 지켜보던 유델이 고개를 돌려 에이미를 바라보았다. 그를 볼 면목이 없었던 그녀는 고개를 숙이고 있을 수밖에 없었다.

"처음엔 모두 죽일까 했었다."

살기가 깃든 음성에 에이미는 물론 안스와 촌장 가족 전체가 몸을 떨었다.

"하지만 죽인다 한들 내게 생기는 이득은 무얼까? 복수를 했다는 쾌감? 그럴 리 없을 테지. 내가 살려두는 것은 기사도를 외치며 날 가로막은 노기사님과 이대로 살려두어 죄책감을 갖게 하는 것이 더 좋다고 판단했기 때문이다."

이번엔 촌장을 바라보자 그의 얼굴 표정이 형편없이 일그러져 있었다.

평소 필립과 호형호제하며 지냈기에 자신의 아들이 저지른 죄에 대해 말로 형언하기 힘든 죄책감을 느끼고 있었다.

냉정하게 외면한 유델은 몸을 돌리다가 에이미에게 말했다.

"평생 후회하고 속죄해라. 그것이 내가 주는 가장 큰 벌이니."

에이미의 눈이 거세게 흔들렸지만 유델은 그것을 외면했다.

'이걸로 된 거야. 이걸로.'

그렇게 스스로를 위로했다.

집으로 돌아온 유델은 기다리고 있는 로만을 뒤로하고 어머니의 시신을 수습했다. 그때까지 로만은 묵묵히 침묵을 지키며 그의 곁을 지켰다.

필립의 무덤 옆에 어머니의 무덤을 만든 유델의 눈은 공허했다.

'어머니가 돌아가신 건 내 탓이다.'

'처음부터 용병들을 죽여야 했어.'

'안스와 에이미를 용서한 건 실수일까?'

수많은 생각이 교차하며 분노가 치밀어 오르기도 하고 머리가 싸늘하게 식기도 했다. 로만은 그 모습을 조용히 지켜보고만 있었다.

그가 생각을 말끔히 정리하는 데는 꼬박 하루의 시간이 걸렸다.

한결 맑아진 눈을 한 그가 로만을 바라보며 말문을 열었다.

"제게 하고 싶은 이야기가 있다고 들었습니다."

로만은 고개를 끄덕였다.

집안은 그날 있었던 격전의 흔적을 찾아보기 힘들 정도로 깔끔하게 정리되어 있었다. 차를 내온 유델은 로만에게 잔을 내밀었다.

모락모락 김이 피어오르는 찻잔을 매만지며 조용한 목소리로 말했다.

"나는 피닉스 기사단의 로만이다."

그가 말하는 내용은 이해하기 쉬웠다.

피닉스 기사단은 아르셀 공작가의 기사단이며, 전원 평민 출신으로 이루어져 있고, 공개적으로 모집하는 것이 아니라 기사단 출신의 기사가 후임을 정한 뒤 자리를 채워나가는 방식이라고 설명했다.

유델은 피닉스 기사단에 대해 정확히 몰랐다. 북부에 아르셀 공작이라는 실력자가 존재한다는 말은 들은 적이 있지만 그것뿐이었다. 남부 출신인 그가 북부 사정을 꿰뚫고 있을 리 없었다.

"그러니까 지금 제게 피닉스 기사단에 들어가라는 이야기로군요."

"그렇다. 너라면 충분히 자격을 갖추고 있다."

피닉스 기사단은 전장에서 혁혁한 명성을 날리면서 왕국 제일 기사단이라는 이름까지 얻었다. 실전을 넘나들며 실력을 갈고닦은 피닉스 기사단은 왕궁을 수호하는 근위기사단보다 동경의 대상이기도 했다.

검을 다루는 이들에게 있어 더없이 영광스러운 자리였지만 유델에게 그것은 아무런 감흥을 줄 수 없었다.

"죄송합니다."

"안 되는 이유가 있는 것이더냐?"

로만은 안타까운 마음을 감추지 않았다.

그 또한 유델의 실력이라면 어디를 가더라도 대접을 받을 수 있다고 생각했다. 무엇보다 쉽지 않겠다고 여긴 이유는 비정상적일 정도로 강한 실력을 지닌 그라면 범상치 않은 내력을 숨기고 있을 것이라 생각했다.

은거에 들어간 뛰어난 실력자가 유델에게 가르침을 내렸을 거라 짐작되었다.

"제게는 할 일이 있습니다."

"할 일이라……."

"그렇습니다."

"가르침을 내려주신 분에게 얽힌 무언가는 없고?"

"그런 것은 없습니다."

확정적인 유델의 말에 로만은 자신의 생각이 틀렸음을 알아차렸다.

개인적인 가르침이 얽히지 않았다면 희망은 사라진 것이 아니기에 한결 밝아진 표정으로 물었다.

"하려는 일이 무엇인지 물어봐도 되겠나?"

"마법을 배우고 싶습니다."

"마법이라고?"

"예, 마법을 배워야 할 이유가 있습니다. 저는 마탑으로 가서 마법을 배우고자 합니다."

유델의 말을 들은 로만의 머릿속이 복잡하게 헝클어졌다. 이미 검사로서 천재적인 성취를 이루고 있는 그가 무슨 이유로 마법을 익히려 하는 것인지 짐작이 가지 않았던 것이다.

"마나 연공법을 통해 마나 홀을 만들었다면 마법을 익힐 수 없다."

"해보지 않고서는 모르는 일이라고 생각합니다. 먼저 배워볼 생각입니다."

"배운다? 이미 마나 홀이 있는 네게 마탑이 마법을 전수할 것이라 생각하느냐?"

어떻게든 잘못된 생각을 고쳐먹게 만들고자 했지만 유델은 쉬이 물러나지 않았다.

"대가를 지불할 생각입니다."

"허허, 쉽지 않군. 마탑에서 마법을 배우면 영원히 그곳에 소속되어 나오지 못한다. 그것을 알고서 이야기하는 것이더냐?"

"으음."

거기까지 생각하지 못했던 유델의 입에서 침음이 흘러나왔다.

마탑은 역사를 쌓아오면서 독자적인 방법으로 마법을 발전시켰다. 기초적인 면면은 비슷했으나 본격적인 수련 방법은 상당한 차이를 보였다.

그들은 수련 비법을 유출하지 않기 위해 마탑에 소속된 마법사에게 마나의 맹세를 하게끔 했다. 배신하거나 마탑의 행보에 반하는 행동을 할 경우 모든 마나를 잃는 끔찍한 종속의 고리였다.

고민하는 유델을 보면서 로만은 절충안을 내놓았다.

"그럼 이렇게 하자꾸나."

"어떤 방법입니까?"

"네가 무슨 이유로 마법을 배우려는 것인지 나는 알지 못한다. 배우고자 한다니 분명 무슨 이유가 있을 터. 내게 말하지 않은 것은 말하지 못할 사연이 있다는 뜻이 될 테지."

"……"

유델은 침묵으로 긍정을 표했다.

로만은 그의 대답을 듣지 않고 말을 이어나갔다.

"너는 알지 모르나 네 자질은 내가 왕국 전역을 떠돌아다닌 것이 아깝지 않을 만큼 뛰어나다. 널 놓치게 되면 얼마 남지 않은 인생을 평생 후회할 정도로. 나는 네가 피닉스 기사단에 들어왔으면 한다."

"좋게 봐주셔서 감사합니다."

"그래서 네게 제안을 하고자 한다."

"고견을 듣고 싶습니다."

비인부전인 마탑에서 마법을 배울 수 없다면 불법적인 방법을 동원해서라도 마법을 익히려고 생각 중인 유델이었다. 그런 그에게 로만의 제안은 귀가 솔깃할 수밖에 없었다.

"왕국은 능력있는 귀족 자제들과 평민 중 유능한 인재를 발굴하여 왕국의 동량으로 키우고자 했다. 이를 위해 왕도에 인재들이 실력을 쌓을 수 있는 곳을 설립했는데 사람들은 이곳을 왕도 아카데미라고 부른다."

"들어본 적이 있습니다. 그렇다면?"

"왕도 아카데미에는 마법학부가 존재하지. 그곳에 입학하는 모든 것을 지원하도록 하지. 대신……."

"아카데미를 졸업하면 아르셀 공작가, 아니, 피닉스 기사단원이 되라는 이야기입니까?"

"잘 아는구나."

"세상에 이유없는 호의는 없는 법이지요."

앞과 뒤를 정확하게 짚어내는 유델을 보며 로만은 안도했다.

기사에게 있어 가장 중요한 덕목은 충성이었고, 그것을 배반하는 자는 스스로 똑똑하다고 생각하거나 어설프게 똑똑한 자였다.

그가 본 유델은 앞뒤가 정확했고 호불호가 분명했다. 그를 얻을 수 있다면 주군이 먼저 저버리지 않는 이상 배신하는 일은 없을 것이다.

"어떻게 생각하느냐?"

"이렇게 먼 곳까지 오셔서 제 가치를 알아봐 주신 것은 기사님입니다. 제 능력을 살려줄 수 있는 곳에서 일을 할 수 있다면 그것도 나쁘지 않다고 생각합니다."

자리에서 일어난 그는 로만을 정면으로 응시했다. 푸른 안광이 일렁이는 그의 눈빛을 보며 로만은 감탄을 흘렸다.

'이 아이를 만난 것은 내 경험을 전하라는 뜻일 터.'

"잘 부탁드리겠습니다."

"나도 잘 부탁한다. 허허허!"

기분이 좋아진 로만은 기어코 웃음을 터뜨리고 말았다.

결정을 내린 유델은 바삐 움직였다.

마을을 떠나기로 결정한 그는 집안의 살림 도구를 모두 처분했다. 그리고 무덤 앞에서 부모님에게 마지막 인사를 한 뒤 로만과 함께 마을을 떠났다.

영지를 다스리는 페트로브 자작은 로만이 혼자가 아닌 십 대 중반의 소년을 함께 데리고 왔다는 소식을 접하곤 반갑게 그를 맞이하였다.

"어서 오십시오, 로만 경. 이렇게 일찍 다시 뵙게 될 줄 몰랐습니다."

"신이 도우신 것인지 재능을 타고난 아이를 맡게 되었습니다. 이제 안심하고 영지로 돌아갈 수 있을 것 같습니다."

"이게 다 로만 경의 복이지요. 제 영지에서 피닉스 기사단에 들어갈 재목이 나왔다는 사실이 무척 기쁘군요."

로만의 소개 하에 유델은 페트로브 자작과 인사를 나누었다. 자신과 끈을 만들어두려는 그의 속셈을 간파한 유델은 세상 살아가는 것이 모두 비슷하다고 느끼며 그가 원하는 반응을 보여주며 적절하게 맞춰주었다.

페트로브 자작의 청에 영주성에 하루 머물게 되었는데, 로만은 볼일이 있어 잠시 저택을 나섰다.

"잠시 나갔다 올 테니 쉬고 있도록 하여라."

그가 바삐 걸음을 옮긴 곳은 영지에 설치된 마탑 지부였다.

왕국에 공식적으로 승인 받은 마탑은 각 영지에 지부를 설

거래 187

치할 수 있는데, 페트로브 자작령은 작은 영지지만 몬스터 부산물이 풍부했기에 지부를 설치하는 마탑이 여러 곳이었다.

그중에서 아르셀 공작가와 밀접한 관계를 맺은 마탑에 들어선 로만은 가문을 향해 긴급 소식을 전하며 오우거 부산물을 처리해 주었다.

"이 정도면 가문에서 조치를 취할 터."

소식을 전한 로만의 표정은 평온했다.

어린 시절 피닉스 기사단에 입단하여 꿈을 키우고 젊은 시절부터 대부분의 인생을 공작가의 번영을 위해 살아온 자신이다.

모든 것을 준 가문이기에 마지막 남은 임무를 행하지 못한 아쉬움이 남아 있었는데 유델을 찾음으로서 모든 것이 해결되었다.

로만의 입가에 홀가분한 미소가 걸렸다.

룬가드 왕국이 개국한 지 삼백 년이라는 시간이 흘렀다.

세월이 흘러 하나의 유구한 역사를 만들어낸 왕국은 남부의 풍부한 물자와 동부의 항구 개척으로 찬란한 문화의 꽃을 피웠다.

영지를 다스리는 귀족들에 의해 발전된 통치는 각지의 물자 생산을 증대시키는 결과를 낳았다.

그로 인해 막대한 부와 명예를 움켜쥔 중앙 귀족은 무소불위의 권력을 자랑했지만 그들은 물론 왕가조차 함부로 건드리지 못하는 가문이 존재했다.

아르셀 공작가.

왕국의 개국공신이자 북부의 대영주, 최전선 총사령관 등을 맡고 있는 아르셀 공작가는 왕국 사람 모두가 인정하는 영웅의 가문이다.

지난 삼백 년 동안 왕국이 전운에 휩싸인 적은 있지만 단한 번도 북부 이외의 지역에 적이 출몰한 적이 없다.

북부에 룬가드 왕국 못지않은 두 왕국이 존재했으나 아르셀 공작가를 비롯한 북부 가문이 일치단결하여 왕국을 수호했다.

두 왕국과 국경을 접하고 있는 전선에서는 매일같이 산발적인 충돌이 벌어지고는 하였다.

특히 팽창 정책을 시행하고 있는 랜필드 왕국은 오만의 군대를 동원하여 북부 지방을 집어삼키고자 했다.

십 년 전 벌어졌던 전쟁은 양측 합쳐 십만에 달하는 대군이 충돌하면서 왕국 전역을 불안으로 몰아넣었다.

하지만 아르셀 공작을 비롯한 피닉스 기사단은 북부 대초원에서 건곤일척의 대결을 벌여 격퇴에 성공, 순식간에 왕국의 영웅으로 떠올랐다.

마스터의 경지에 오른 아르셀 공작과 그를 보좌하는 피닉스 기사단은 왕궁 근위기사단의 명성을 뛰어넘으며 일약 '왕국을 지키는 검'이라는 명예로운 칭호를 얻으며 수많은 사람들의 칭송을 받았다.

아르셀 공작은 사십대 초반의 외모를 지닌 중년인이었다.

각진 얼굴과 굳게 다물린 입술은 그가 중후한 성품을 지니고 있다는 것 느끼게 했다.

젊은 나이에 공작의 자리에 오른 그는 군부와 정계에서 막강한 힘을 발휘하는 왕국 내 제일 실력자였다.

북부 대영주인 그가 보는 업무량은 무척 많다. 전쟁 시 가신에게 일임하여 일을 처리하지만 평화 시에는 대부분의 중요 사안이 그의 손을 거친다.

영지 내의 일뿐만 아니라 북부 영지들의 불만 조율과 인접 국가의 동향 등, 그가 살피는 일의 양은 너무나 많아서 수련에 할애할 시간이 부족할 정도였다.

오늘도 바쁘게 서류를 처리하던 그는 먼 곳에 나간 전우의 편지를 보고 반색했다.

"로만 경이?"

피닉스 기사단 부단장을 맡다가 은퇴한 로만은 아르셀 공작에게 소중한 전우이자 삼촌과도 같은 인물이다. 공작의 자리가 그러한 감정을 표출하지 못하게 했으나 그에게 있어 믿을 수 있는 몇 안 되는 인물 중 하나였다.

팔십의 나이에 은퇴한 로만은 후임을 정하기 위해 먼 남부 영지를 향해 떠난 상황이었다.

그가 소식을 전해온 이유가 있을 것이 분명했기에 다른 서류를 밀어두고 편지를 개봉했다.

편지 내용은 짧았다. 하지만 그 속에 적힌 내용은 범상치 않은 것이었다.

"호오."

내용을 모두 읽은 아르셀 공작에게서 나직한 소리가 흘러 나왔다. 그 속에 감탄이 있음을 그를 보좌하는 인물은 알 수 있었을 것이다.

"후임을 찾았다니. 그것도 기사단장감이라고?"

아르셀 공작의 눈이 날카롭게 빛났다.

피닉스 기사단의 단장은 위로는 아르셀 공작을 보좌하고 아래로는 기사단과 병사를 이끌기에 두말이 필요없는 공작이 이인자의 자리였다.

차분한 성품을 지닌 로만이 이렇게 말할 정도라면 그가 찾은 아이가 대단하다는 뜻임이 분명했다.

"열다섯의 나이에 엑스퍼트라고? 재미있군."

검의 천재라 칭해지던 그가 엑스퍼트에 오른 것이 열여덟 살이다.

그것도 아버지인 전대 공작의 뒤를 따라 전쟁터에서 깨달음을 얻어 그와 같은 경지에 오를 수 있었다.

그가 엑스퍼트에 오를 수 있는 배경은 어릴 적부터 다져온 탄탄한 기본기와 뛰어난 마나 연공법, 검술이 맞물리며 실전을 통해 가능했다.

그에 비해 로만이 찾은 소년은 정체가 밝혀지지 않은 마나 연공법을 통해 열다섯의 나이에 엑스퍼트의 경지에 올라섰다. 그것만 보아도 재능이 자신 못지않다는 걸 뜻했다.

"거래를 제시할 줄 몰랐는데."

공작가에 투신하는 대신 마법을 배우게 해달라고 한 제안은 뜻밖이었다. 어린 나이답지 않게 신중하고 시류를 파악하는 눈이 뛰어나다는 말은 그의 흥미를 자극하기에 부족함이 없었다.

좀 더 알고 싶었지만 로만 또한 만난 지 얼마 되지 않았고, 자기에 대해 언급하는 것을 좋아하지 않는다고 하였기에 그 이상의 정보는 존재하지 않았다.

공작가에 들어오고 기사가 되기 위해서는 모든 정보를 아는 것이 좋았다. 턱을 매만지며 생각에 잠겨 있던 아르셀 공작의 입가에 옅은 미소가 걸렸다.

"마침 왕도에 있지."

생각을 정리한 그는 하인을 불러 누군가를 호출했다.

오랫동안 걱정거리로 전락했던 기사단장 후임감의 등장은 경직되어 있던 공작가에 활기를 불어넣었다.

제7장

왕도로 향하는 이들

페트로브 자작령을 떠난 유델과 로만은 왕도로 향했다.

룬가드 왕국의 왕도는 남동부에 치우쳐져 있는데, 풍부한 남부의 물자와 항구를 통해 유입되는 동부의 물자를 순조롭게 운송하고자 자리 잡게 되었다.

풍부한 물자가 집중되는 왕도는 일찍이 찬란한 문명의 꽃을 피우기 시작했다.

룬가드 왕국의 왕도에는 세 가지 명물이 존재했는데, 하나는 아름다운 미녀이고 두 번째는 풍부한 식재료로 발전된 요리, 마지막은 왕도 아카데미다.

왕도 아카데미는 왕국 개국 시절, 북으로 적국을 대치하고 있고 서쪽으로 야만족과 접하고 있으며, 남으로 몬스터 침공에 대비하고 동쪽으로 항로를 개척하게 되면서 수많은 인재를 필요로 하게 되었다.

왕도에 아카데미를 설립하여 인재를 양성하고, 작위를 세습하지 못하는 귀족 자제에게 새로운 길을 제시함으로써 신분 상승의 유일한 통로가 되었다.

기사학부, 마법학부, 인문학부로 나뉘어 있는 왕도 아카데미는 매년 수백 명에 달하는 인재를 배출하는 곳이기도 하며, 성적이 뛰어난 평민 출신 인재 같은 경우 고위 귀족 가문에 의해 좋은 조건을 제시 받아 신분 상승의 발판을 마련하기도 한다.

막대한 세금으로 운영되는 아카데미는 장학금 제도가 발달되어 학업에 뛰어난 성취를 보이면 국가의 지원 아래 공부할 수 있으나 입학비가 만만치 않아 수백 년이 지났음에도 여전히 높은 진입의 벽을 지키고 있다.

"마법학부에 들어갈 생각인가?"

"예."

"마법에 재능을 인정받지 못하면 들어갈 수 없는 곳이라 진입 벽이 높은 곳이기도 하지. 자신은 있고?"

"시험을 봐야 알 것 같습니다."

동행을 한 이후 두 사람은 많은 대화를 나누었다.

아르셀 공작의 기사가 될 유델이기에 로만은 그의 출신 성분이나 자라온 환경에 대해 알고 싶어했다.

그의 마음을 모르지 않았기에 적정한 선에서 모든 정보를 순순히 털어놓았다.

인연이 닿아 마나 연공법을 수련을 하게 된 점과 어릴 때부터 사냥꾼인 아버지를 따라 실전 경험을 쌓아왔다는 이야기를 했다.

그 이야기를 듣고 이해를 한 로만은 마음을 놓을 수 있었다. 오우거 슬레이어 필립의 이름은 근방에서 유명했지만 석연치 않은 점이 적지 않아 있었던 것이다.

나이에 걸맞지 않는 유델의 성취와 차분함은 의심하고 싶지 않아도 고민하게끔 만들었다.

'이 아이라면 가능할 테지.'

피닉스 기사단에서 은퇴한 기사가 후임을 정할 때 가장 먼저 살피는 것이 자질이고 그다음이 인성이다.

그들 또한 뛰어난 자질과 안목을 갖추었기에 인재를 알아보는 것은 어렵지 않은 일이었지만 인성을 판단하는 것은 어려웠다.

자질은 타고나지만 인성이라는 것은 환경의 영향을 받기 쉽다. 그들이 해야 하는 것은 지금 인성이 올바르지 않더라도 환경이 바꿈으로서 인성이 개선될 수 있는 여부를 판단해야 하는 것이다.

이 부분에 대해 수많은 시행착오를 겪었지만 이러한 실패와 성공이 지금의 피닉스 기사단을 만들고 아르셸 공작가의 버팀목이 될 수 있었다.

두 사람의 이동 속도는 상당히 빨랐다.

아카데미 입학 신청 날짜가 멀지 않았다는 정보를 입수한 로만은 마차를 타고 갈 것을 권했고, 하루라도 빨리 마법을 배우고 싶었던 유델은 그 제안을 거절하지 않았다.

좁은 공간에 함께 있다 보니 자연히 대화하는 시간이 많아졌고, 이는 로만이 원하는 정보를 습득하는 계기가 되었다.

중간에 하루 쉬어갈 때는 말이 지치거나 근처에 마을이 없을 경우이다.

식사 때마다 유델은 고기와 우유를 마시고는 했는데 의아하게 여긴 로만이 묻자 미소 지으며 대답했다.

"우유는 뼈를 튼튼하게 만들어주고 고기는 성장하는 데 도움이 된다고 합니다. 성장기인 제게 반드시 필요한 음식이기도 하죠."

그 대답에 로만은 놀라움을 감추지 못했다. 귀족 가문에서는 흔한 지식이지만 평민인 유델이 알기엔 어려운 지식이었던 것이다.

출처를 물어보았지만 그가 원하는 대답은 들을 수 없었다.

페트로브 자작령에서 왕도까지 걸린 시간은 보름 남짓이었다.

왕도에 가까워질수록 머물게 되는 마을의 규모는 커지고

도시의 빈도는 늘어갔다.

수많은 사람이 오가며 거리에 활발함을 불어다 넣어주고 있었고, 시장에는 온갖 물건이 넘쳐흐르며 거대한 상권을 구축하고 있다.

마차에 난 창문으로 밖을 보며 유델은 감탄사를 흘렸다.

"평화롭네요."

"평화롭지. 공작 전하가 계시기에 유지되는 평화이기도 하지."

"북쪽에 그분이 계시지 않았으면 왕국이 혼란스러울 것이라 평할 정도니까요."

"남부 지방에는 덜하지만 아르셀 공작가는 북부에서는 절대적으로 통한단다. 왕국 삼백 년 평화는 그분들이 계시기에 가능한 일이기 때문이지."

시간이 날 때마다 대화를 나누곤 하면서 로만은 자연스러운 흐름을 타며 아르셀 공작에 대한 칭찬을 아끼지 않았다.

유델이 아카데미에서 공부를 한 뒤 향할 곳은 아르셀 공작가다.

자아가 확립되기 이전에 공작가에 들어가 확실하게 충성심을 주입받는 다른 아이들과 달랐기에 좋은 이미지를 각인시키고자 했다.

그 의도를 모르지 않았지만 이곳에서 살아가며 모실 상사이기에 유델은 조용히 이야기를 경청했다.

편향된 의견이 없지 않아 있겠지만 로만과 사람들을 통해 들은 아르셀 공작은 대단한 인물이었다.

왕국의 전신!

북부의 수호자!

그리고 딸바보!

거친 북부 대지에 두 송이 꽃이 피었으니, 그것이 아르셀 공작가의 두 공녀이고 아들이 없는 아르셀 공작의 사랑이 대단하다는 사실은 널리 알려져 있다.

로만의 이야기를 들으며 두 사람은 도시로 접어들었다. 평민들은 까다로운 절차를 거쳐야 했으나 아르셀 공작을 상징하는 깃발을 보여주자 곧바로 통과할 수 있었다.

고급 여관에 여장을 푼 두 사람은 식사를 위해 식당에 자리 잡았다.

자연스러운 로만에 반해 유델은 아직까지 어색한 모습이었다.

"적응이 안 되느냐?"

"아직까지는 적응이 안 되네요."

"가문에 들어가면 일상이 될 것이다. 아카데미에서 예절에 대한 것을 가르칠 테니 빠짐없이 익히도록 하고."

"알겠습니다."

순순히 수긍했지만 현실과 이곳에서의 삶이 넉넉한 편은 아니었다. 어색함이 묻어날 수밖에 없었다. 주변을 둘러본 유델은 화제를 전환했다.

"신기하네요."

"뭐가 신기하다는 건가?"

"할아버지는 신기하지 않으신가요? 북부는 전쟁의 위험에 촉각을 곤두세우고 있고 이곳은 전쟁 걱정 없이 편하게 사는 것이. 같은 나라임에도 불구하고요."

"음!"

로만의 입에서 침음이 흘러나왔다. 의도한 것인지 모르나 유델이 한 말은 달리 생각하면 무척 위험한 것이라 볼 수 있다.

"어째서 그렇게 생각하는 것이더냐?"

"전 사람의 천성이 게으르고 나태하다고 생각합니다. 자기를 채찍질하고 반복하지 않으면 금방 풀어져 버리죠. 처음은 감사한 마음을 가질 수 있지만 두 번이 되고 세 번이 되면 그것을 당연한 권리라 여기게 되어버리죠."

"하지만 누군가는 해야 할 일이지."

앞서 나갔다고 생각하면서 이러한 점까지 꿰고 있는 그의 모습이 대단하게 여겨졌지만 이것을 용납하게 되면 기사로서 희생해야 할 모든 이유가 사라지는 셈이 된다.

"그냥 제 생각이 그렇다는 거예요. 난 열심히 일하는데 옆에 있는 사람이 놀면 억울한 심정, 그런 거죠."

"내 대답은 같다. 누군가는 해야 하는 일이다."

"그 생각이 틀리다고 생각하지는 않습니다. 누군가는 반드시 해야 하는 일이죠."

순순히 수긍하지만 납득한 것은 아니라고 확신했다. 로만의 걱정을 느낀 유델이 말을 이어나갔다.

"전 용병 출신인 사냥꾼 아버지 밑에서 자라 대가없는 것을 굉장히 싫어해요. 무슨 일을 하면 대가를 얻는 걸 좋아하죠."

"그래서?"

"공작 전하와 피닉스 기사단이 거둔 전공은 대단하다고 생각해요. 하지만 그것뿐, 왕국의 수호신이라는 칭호를 얻었을지언정 실익은 없죠."

"공작 전하는 왕국 내에서 손에 꼽히는 권력자다."

"물론 알고 있습니다. 하지만 얻어낼 것이 더 많은 법이죠."

로만은 그것이 무엇인지 물으려다가 입을 다물었다.

유델은 아직 나이가 어리다. 그가 생각하는 것이 무엇인지 알게 되면 반박, 혹은 부인을 하게 될 확률이 높았고, 그것은 자신감에 큰 영향을 끼칠 것임이 분명했다.

'하지만……'

입가에 걸려 있는 미소가 신경에 걸렸기에 유델에 대한 평가를 재조정하게 만드는 계기가 되었다.

아르셀 공작가를 중심으로 뭉친 북부 군벌은 룬가드 왕국 전체의 절반에 달하는 거대한 크기를 자랑했다.

검의 주인이라 칭해지는 마스터의 숫자가 무려 다섯 명에 달했으며, 그중 셋은 아르셀 공작가에 소속되어 있다.

아르셀 공작은 마스터에 올라 고위 귀족이 마스터 벽을 넘기 힘들다는 편견을 부순 인물이다. 그리고 그의 휘하에 두 명의 마스터를 둠으로써 타국의 침공을 막아내고 왕국 내에서 막강한 영향력을 끼치게끔 만들었다.

공작가의 가장 큰 힘을 꼽으라면 두 가지를 말한다.

하나는 숙련된 병사들이었고, 다른 하나는 피닉스 기사단이다.

뛰어난 자질을 지닌 인물들로 이루어진 피닉스 기사단은 확고부동한 충성심을 지녔으며 최전선에서 실전을 겪고 성장했기에 개개인의 기량이 뛰어났다.

그중 기사단장을 맡고 있는 카스트로 자작은 마스터의 경지에 오른 인물이었다.

전대 아르셀 공작 때부터 피닉스 기사단을 도맡아온 그는 팔십의 나이를 훌쩍 넘긴 인물이었지만 마스터에 오름으로써 세월의 흐름을 뛰어넘고 건재함을 과시하는 살아 있는 신화였다.

오죽하면 전대 아르셀 공작이 그를 놓치기 싫어 여동생과 혼인시켜 가족으로 삼을 정도였다.

"부르셨습니다, 공작 전하."

"어서 오시지요."

공적으로는 가신이지만 사적으로는 고모부이기에 아르셀 공작은 예의를 갖추었다.

"편하게 대하셔도 좋은데……."

"그건 고모부를 뛰어넘게 되면 그렇게 하도록 하겠습니다."

"공작 전하가 편하게 대해주길 바라지만 거짓으로 임할 수는 없으니 당분간 보류하도록 하겠습니다."

두 사람의 대화의 시작은 겸양 뒤에 숨겨진 자존심 싸움 비슷한 것으로 시작되고는 했다.

마스터이기에 곧잘 검을 맞대었고, 아르셀 공작은 카스트로 자작을 뛰어넘기 위해 각고의 노력을 아끼지 않았으나 아직까지 그를 넘어서지 못한 상황이었다.

공적으로 주군 관계였지만 사적인 감정을 배제한 채 대결에 임하고는 하였다.

"고모부를 부른 것은 한 가지 수행할 일이 있어서입니다."

"수행할 일이라……. 이제 움직이는 것도 편치 않아 쉬고 싶습니다."

팔십의 나이를 넘긴 카스트로 자작이 아직까지 은퇴하지 않고 있는 이유는 뒤를 이을 기사단장감이 나타나지 않아서이다.

마스터에 오르면 육체의 노화가 급속도로 더뎌지고 재구성 과정을 거치기에 오랫동안 현역으로 활동할 수 있게 된다.

백에 가깝도록 현역으로 활동할 수도 있지만 후배들의 방해물이 되기 싫었던 카스트로 자작은 하루라도 빨리 은퇴하고 검을 갈고닦고자 했다. 하지만 마땅한 후임이 나타나지 않아 기사단장에서 물러나지 못하고 있었다.

"안 그래도 그 부분에 대해 드릴 말씀이 있습니다. 일단 고모부께서 왕도로 가주셨으면 합니다."

"왕도에? 무슨 일이라도 있는지?"

"두 녀석이 고모부가 보고 싶다고 하더군요. 더군다나 조만간 국왕 전하와 공주의 생일이 있으니 제 대신 안부를 전해주었으면 합니다."

충분히 납득 갈 만한 이유였지만 카스트로 자작은 미심쩍은 표정을 지었다.

"그 이유가 전부가 아니라고 생각됩니다만?"

카스트로 자작이 아르셀 공작의 얼굴을 대신하기에 충분했지만 북부 전선을 지탱하는 기둥 중 하나였기에 과한 감이 없지 않아 있었다. 그 속에 숨은 의도가 숨어 있다고 판단하곤 물었다.

미소를 지은 아르셀 공작이 고개를 끄덕였다.

"역시 고모부는 속이지 못하겠군요. 실은 이것 때문입니다."

그가 건넨 것은 로만의 편지였다.

피닉스 기사단의 인장과 로만의 이름을 확인한 카스트로의 눈에 이채가 스쳤다.

"로만이? 그렇다면, 호오!"

내용을 읽지 않았음에도 무슨 이유로 편지를 보냈을지 짐작이 간 카스트로 자작의 표정이 환하게 변했다.

로만과 같은 해에 피닉스 기사단에 들어온 두 사람의 사이는 이미 북부 지방에 널리 알려질 정도로 절친했다. 선이 굵은 카스트로 자작과 달리 로만은 세세한 면을 신경 썼기에 두 사람의 궁합은 최고라 알려져 있었다.

편지를 펼친 카스트로 자작은 빠르게 내용을 읽어나갔다. 그리고 시간이 지날수록 그의 표정이 변화를 일으키기 시작했다.

"이게 사실입니까?"

"로만 경이 보냈으니 사실 아니겠습니까?"

"으음."

카스트로 자작은 신음을 흘렸다. 로만이 보낸 내용은 북부의 전신이라 불리는 그조차도 쉬이 믿기 힘들 정도로 강렬했다.

"열다섯의 나이에 엑스퍼트라? 믿기 힘든데⋯⋯."

"저도 마찬가지입니다. 그래서 악마의 재능이 아닌가 의심을 해봤습니다."

"악마의 재능은 아닐 것입니다."

악마의 재능은 선천적으로 힘을 쌓아 나가는 체질로 어둠의 마나에 탁월한 친화력을 보인다. 성장하도록 놔두면 그랜드 마스터를 이룰 수 있을 정도로 뛰어난 재능이지만 이성을 제어하지 못하기에 가장 주의할 부분으로 치부되고 있다.

"악마의 재능은 어둠의 마나를 풍기게 되니 로만이 그것을 느끼지 못할 리 없습니다."

로만에 대한 신뢰가 굳건했기에 카스트로 자작은 단호했다.

"열다섯의 나이에 엑스퍼트란 경지가 믿기지 않아서 그렇습니다."

"저도 그렇습니다. 만약 사실이라면 로만이 대단한 일을 해냈군요."

기사단에 들어오고 천재적인 재능을 보인 자신조차도 스무 살의 나이에 엑스퍼트에 올랐다. 천재의 기준이 스물 전후에 엑스퍼트에 오르는 것이지만 열다섯에 오를 정도라면 어느 정도일지 감히 상상하기 힘들었다.

"로만 경을 믿지만 안에 담긴 내용은 믿기 힘들지 않습니까? 직접 가서 볼 수 없으니."

"허허, 무슨 이유로 절 왕도에 보내려는 것인지 알겠군요."

"그동안 공작가를 위해 힘쓰셨으니 휴가라 생각하시고 왕도에서 쉬다 오십시오."

"사실이면 겸사겸사 그 아이를 가르치라는 뜻도 있겠지요."

아르셀 공작이 태어날 때부터 보아오고 검술을 가르친 것도 그다. 속내를 모두 들킨 그는 입가에 미소를 지으며 수긍했다.

"역시 고모부는 못 속이겠습니다."

"만약 사실이라면 정말 대단한 재능일 것입니다. 전설로 치부되던 그랜드 마스터를 볼 수도 있겠군요."

"그러니 고모부께 부탁하는 것입니다. 그런 인재라면 하루라도 빨리 붙잡아야 하지 않겠습니까?"

그 속에 담긴 의미를 눈치챘지만 카스트로 자작은 대답하지 않았다. 로만을 믿지만 두 눈으로 직접 확인하기 전까지는 쉬이 믿기 힘든 내용이었다.

"붙잡아야 하지만 그전에 절 뛰어넘어야 할 것입니다."

"하하하하! 그렇게 말씀하실 거라 생각했습니다."

웃음을 터뜨리는 그를 보며 카스트로 자작도 마주 웃음을 지었다.

왕국의 수호신이라 불리는 아르셀 공작의 별명은 딸바보다.

그리고 북부의 전신이라 불리는 카스트로 자작은 손녀바보로 불린다.

당대 들어 아르셀 공작가의 세력이 중앙 정계까지 뻗어 나갈 수 있는 배경에는 여러 가지가 존재한다.

그중 하나가 북부 교역로를 통하여 자금줄을 확보했다는 점이고, 다른 하나는 문관을 적극 수용하는 아르셀 공작의 정책 변경이다.

그리고 마지막 하나는 북부에 나타난 두 송이 꽃 때문이다.

여기서 두 송이 꽃은 아르셀 공작의 두 딸을 칭한다.

화려한 아름다움을 지녔지만 날카로운 가시를 품었다고 하여 북부의 장미라 칭해지는 장녀 레일리아.

순수하고 청초하며 바람이 불면 날아갈 듯 가냘픈 아름다움은 보호 본능을 절로 일으키는 북부의 백합 엘리나.

두 여인은 아르셀 공작의 딸로 각기 뚜렷한 아름다움을 지녀 왕국에 이름이 드높았다.

일 년 전 아르셀 공작의 허락을 받아 왕도 아카데미에 입학한 두 여인의 존재는 일대 파란을 일으키기에 충분했다.

무섭게 세력을 떨치고 있는 아르셀 공작가의 존재가 대단했을 뿐만 아니라 두 여인의 미모 또한 대단하여 귀족 가문 청년들의 마음을 뒤흔들기에 부족함이 없었던 것이다.

그녀들을 중심으로 수많은 남자들이 맴돌았지만 누구도 접근할 수 없었다.

딸 사랑이 지극하기로 유명한 아르셀 공작이 둘을 호위하기 위해 무려 서른 명의 기사를 파견한 것이다. 혹독한 전장을 겪은 기사들의 기세는 온실 속 귀족 청년들이 감당할 만한 성질의 것이 아니었다.

뿐만 아니라 날카로운 가시를 품은 아름다운 장미 레일리아의 기세 또한 만만치 않았다.

아버지 아르셀 공작의 재능을 이어받았다고 알려진 그녀의 성취는 놀라워 열여덟의 나이가 된 올해 엑스퍼트에 올라 주변을 경악에 빠뜨렸다.

직설적인 성격만큼 독설로 유명한 그녀는 주변만 맴돌 뿐, 접근할 엄두조차 내지 못하는 귀족 청년들을 한심하게 여기며 선언했다.

"내가 바라보는 건 오로지 검뿐, 아르셀 공작가의 주인이 되고 싶다면 실력으로 북부의 장미를 꺾길."

그녀의 선언은 왕도에 일대 파란을 일으켰다.

왕국 개국 이래 처음으로 여공작을 꿈꾸는 그녀는 아르셀 공작의 뒤를 이어받기 위해 외길을 걸어온 여검사였다. 그 말 속에 담긴 의미는 자신을 압도적인 실력으로 꺾는 자를 부군으로 받들고 꿈을 접겠다는 뜻과 같았다.

수많은 귀족 청년들은 열광했지만 그 열기는 오래가지 않았다.

그녀 또래 중 엑스퍼트에 오른 천재적인 자질의 소유자는 한두 명뿐이었고, 그들 모두 그녀보다 뒤떨어질 뿐 앞서나간 존재는 아무도 없었다.

엑스퍼트 초급인 그녀를 압도적으로 제압하기 위해서는 상급을 바라보는 엑스퍼트 중급이나 상급에 오른 존재여야 했다. 깊게 생각해 보면 스무 살 이전에 엑스퍼트 상급의 경지에 올라야 그녀를 완벽하게 제압할 수 있다는 뜻이다.

결국 많은 청년들은 이룰 수 없는 꿈에 한숨을 내쉬며 근심만 깊어갈 뿐이었다.

레일리아의 일과는 간단했다.

입학을 코앞에 두고 있는 아카데미는 방학 중이었다.

가문에 돌아가야 함이 옳지만 뼛속까지 검사인 그녀는 이동할 시간조차 아깝다고 하여 왕도에 있는 저택에 머물며 수련에 매진하고 있었다.

왕국 최초 여공작이 되기 위해서는 압도적인 실력을 지니고 있어야 함을 알고 있었기에 잠자고 식사하는 시간 이외의 대부분 시간을 수련에 할애하고 있다.

휴식 시간도 육체만 쉴 뿐 공작이 되기 위한 공부 시간이었다.

여동생 엘리나에게 공부를 배우기에 두 자매의 사이는 다른 곳과 달리 무척 좋았다.

"엘리나."

"언니, 잘 왔어요."

가시가 맴도는 레일리아와 달리 엘리나는 천성적으로 착

한 성격을 타고나 주변의 모든 사람에게 상냥했다.

그 모습이 보기 좋았지만 치열한 암투가 오고 가는 귀족 간의 다툼에서 그녀가 상처입지 않을까 레일리아는 늘 걱정하곤 했다.

"가문에서 편지가 도착했어요."

"아빠가 보낸 거야?"

레일리아의 미간에 주름이 잡혔다.

딸 사랑으로 유명한 아르셀 공작은 어릴 때부터 성숙했던 레일리아가 아버지라 칭하자 노성을 터뜨리며 아빠라 부를 것을 명령했다. 고집으로 유명한 핏줄답게 레일리아는 싫다며 버텼지만 검을 가르치지 않겠다는 협박에 결국 백기를 들고 투항할 수밖에 없었다.

그 시절 버릇이 들어 지금은 자연스럽게 아빠라고 칭했다.

"네. 안부가 적힌 편지예요."

"비싼 마법 편지를 고작 안부 인사나 하려고 보내다니. 생각이 있는 거야?"

"안부 편지긴 해도 그게 주된 용건은 아니에요. 언니와 제게 하고 싶은 말도 적혀 있어요."

"일 년 동안 왕도에 있었으니 가문으로 돌아오라는 말은 아니겠지?"

아르셀 공작의 딸 사랑 패턴이 정해져 있었고, 레일리아는 철벽 방어로 응수하고는 했다. 싫어하는 건 아니지만 과도한 사랑은 부담으로 다가왔다.

"아니에요. 그런 말은 없었고, 왕도에 머물면서 해줘야 할 일을 적으신 걸요. 조만간 있을 국왕 전하와 공주 마마의 생일을 맞아 할아버지께서 왕도에 오신대요."

"카스트로 할아버지?"

"네. 언니가 좋아하는 카스트로 할아버지요."

그녀를 바라보는 엘리나의 얼굴에 진한 미소가 자리했다.

"하필이면……."

레일리아가 왕도로 온 것은 아르셀 공작과 카스트로 자작의 극진한 관심이 큰 비중을 차지했다.

아카데미에 입학하면서 한결 숨통이 트인 상황에서 카스트로 자작이 온다는 소식은 결코 반길 수 없었다.

편지 내용을 보던 엘리나가 찌푸린 레일리아의 표정에 키득거리며 웃더니 그녀에게 곱게 접혀 있는 종이를 건넸다.

"아빠가 '지금 레일리아가 표정 찡그리고 있지? 그걸 펴게 해줄 내용이 여기 있다' 라고 적어놓으셨어요. 한번 읽어보세요."

앓는 소리를 흘린 레일리아가 종이를 펼쳐보았다. 그리고 내용을 읽어갈수록 눈이 크게 뜨이기 시작했다.

무엇이 그녀를 놀라게 만들었을까?

표정 변화가 많지 않은 그녀를 유일하게 감정적으로 만드는 것은 가족과 검에 관련된 것밖에 없는 걸 알고 있었기에 호기심을 참지 못하고 물었다.

"뭐라고 적혀 있어요?"

"이번만큼은 정답이라는 걸 인정할 수밖에 없겠어."

그녀의 표정이 드물게 생기가 넘치고 있었다.

엑스퍼트에 올랐지만 근래 들어 답보 상태에 빠져 답답한 기색이 역력하던 그녀다.

엘리나가 다시 한 번 물었지만 레일리아는 미소를 지으며 대답했다.

"흥미로운 게 오고 있어."

그녀의 푸른 눈이 보석처럼 반짝이고 있었다.

제
8
장

시
험

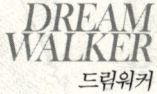
　룬가드 왕국의 왕도는 삼백 년의 역사가 한곳에 집결된 곳
이다.

　남으로는 강이 흐르고 동으로는 끝없이 광활한 평야가 펼
쳐져 있다.

　수비하기에 적합하지 않은 곳이지만 북부의 수호 가문이
라 불리는 아르셀 공작가가 존재하고 해군 또한 막강하였기
에 단 한 번도 왕도가 위협당한 적이 없다.

　계획적으로 세워진 도시였기에 문명이 발달했다고 알려진
대륙 중앙 국가도 감탄을 감추지 못하는 곳이 룬가드 왕국의
왕도다.

왕도 삼대명물 중 하나인 아카데미는 타국의 귀족 자제들이 입학할 만큼 뛰어난 명성을 자랑했다.

새로운 학기가 시작되는 지금은 사람이 붐빈다고 할 정도로 수많은 사람들이 모여들고 있었다.

대부분이 신분 상승을 노리는 평민이었다.

마차에 탄 유델은 조용히 밖을 지켜보다가 한마디 하였다.

"저들과 제가 다르다는 걸 느끼겠네요."

"어떤 게 느껴지느냐?"

"얼마 전까지만 해도 저들과 다를 바 없었지만 아르셀 공작가의 선택을 받게 되니 평민이지만 평민이 아니게 된 것 같습니다."

"선택받은 건 명예로운 일이다."

"그걸 부인하는 것이 아닙니다. 그저 인생이라는 것이 어느 한순간 뒤바뀔 수 있다는 걸 느끼게 돼서 그렇습니다."

이것은 비단 지금의 상황만 가리켜서 하는 말이 아니었다.

루시드 드림을 통해 진입하게 된 꿈의 세계. 이제는 꿈이라고 할 수 없는 또 하나의 현실을 어느새 유델은 자연스럽게 받아들이고 있었다.

이곳에서의 삶 또한 치열하기 그지없었다. 피닉스 기사단의 로만을 만나 새로운 기회를 붙잡게 되었지만 유델은 자신의 사명을 잊지 않았다.

'마법, 마법을 익혀야 돼.'

그러기 위해서 로만과 거래를 하게 되었고, 이곳까지 오게 되었다.

꿈이라고 상상할 수 없는 웅장한 건물은 유럽의 건축물보다 더 아름다웠다.

"인생을 바꾸기 위해서는 노력이 필요하지. 네가 할 것은 지금의 실력을 더욱 발전시키는 것이다."

"잊지 않고 있어요."

"노파심에 하는 이야기다."

정말 노파심에서 하는 말이었다.

오는 길에 두 사람은 산적과 마주친 적이 있었다.

작은 마차에 만만한 마부와 노기사, 어린 소년의 조합은 산적들로 하여금 군침이 흐르게 만드는 대상임에 틀림없었다. 하지만 상대는 위명 높은 피닉스 기사단의 전 부단장과 그에게 천재로 인정받은 소년이었다.

로만은 유델에게 모든 일을 처리하도록 맡겼다. 전권을 위임받은 그는 곧바로 달려들지 않고 산적과 대화를 나누며 그들의 성격을 파악했다.

결과는 몰살. 화전민 마을을 약탈하고 부녀자를 강간한 뒤 노리개, 혹은 노예로 팔아버리는 그들은 살아봤자 도움이 될 것 없는 쓰레기였다.

십여 명의 산적을 모조리 죽인 유델은 산채를 급습하여 나머지 산적까지 모두 죽였다. 그리고 그들과 한패였던 사람까지 죽인 뒤 잡혀 있던 이들을 풀어주고 산채를 불태웠다.

의아하게 여긴 로만이 물어보니 유델의 대답은 나이를 뛰어넘는 것이었다.

"그대로 지나치면 산채 안에 잡힌 사람들은 여전히 고통받고 있을 것이고 추가적인 피해가 늘어났을 테니까요. 산채를 불태운 건 다른 산적이 쉽게 자리 잡지 못하게 만들기 위해서고요."

빠르고 확실한 대처는 로만의 감탄을 사기에 부족함이 없었다.

그가 보고자 했던 것은 산적의 처리 정도였지만 유델은 그 후까지 생각하여 가장 확실한 처리를 한 셈이었다.

"어디서 머물게 될지 물어봐도 될까요?"

"일단 아카데미로 갈 것이다."

행선지로 정한 곳은 아카데미였다. 마탑에 들르면서 공작가에서 온 연락을 받은 로만은 가장 먼저 해결해야 할 입학 문제를 처리한 뒤 저택으로 이동할 생각이었다.

아카데미는 왕도의 자랑이라 칭할 만큼 대단한 위용을 자랑하고 있다. 하늘을 찌를 듯 드높은 마탑이 멀리 보였으며, 그 뒤로 왕궁이 눈에 들어왔다. 화려한 풍경 외에도 수백 년 전에 세워진 건축물은 아름다움을 자랑하며 보는 이의 마음을 절로 들뜨게 만들었다.

목적에 의해서 입학하게 된 유델 또한 거대한 대지 위에 세워진 건물들을 보고 있자니 마치 대학에 입학하는 기분이었다.

마차에서 내린 두 사람은 곧바로 접수처로 향했다.

"입학을 하고자 합니다."

"간단한 신상명세를 적어주시면 됩니다."

종이를 건네받은 유델은 빠르게 정보를 기입하기 시작했다.

마법학부를 희망했으나 시험을 보는 종목은 검술로 결정했다. 그 까닭은 입학시험에서 좋은 결과를 보일수록 아카데미 내에서 높은 클래스의 정보를 열람할 수 있는 권한이 주어지기 때문이다.

종이를 건네받은 사람은 빠르게 글자를 읽다가 두 눈을 크게 떴다.

"특기 사항은 검술이고 후원자는 아르셀 공작가?"

주변 시선이 집중되는 것은 순식간이었다.

북부에서 위명 높은 아르셀 공작가는 중앙 정계에서 막강한 힘을 끼치는 곳이다. 더군다나 아카데미에서 유명한 레일리아와 엘리나도 있어 다시 한 번 읽게 만들었다.

사람들의 시선을 받은 로만은 나직한 목소리로 유델 몰래 속삭였다.

"피닉스 기사단 출신 로만일세. 가문의 후원으로 입학하는 아이이니 가장 높은 등급의 시험을 부탁하겠네."

"최, 최상급 말씀이십니까?"

"그렇다네. 걱정하지 말고 부탁하지."

"알겠습니다."

최상급 난이도의 시험은 아카데미 조기 졸업을 위한 자들을 위한 코스였다.

아카데미에서 많은 것을 배울 필요가 없는 이들을 위한 것으로써 그들에게 가장 필요한 아카데미 졸업증을 얻고자 하는 자들이 신청하는 코스다.

대화를 끝낸 로만이 유델에게 다가가 말했다.

"곧 있으면 시험을 볼 것이다. 상대를 제압하면 합격이고 무승부가 될 경우 위쪽 사람들의 판단에 따라 가부가 정해질 것이다. 만약 합격을 하지 못하면 곧바로 가문으로 가야 한다."

"그렇게 할게요."

돈만 내면 들어갈 수 있다고 알려진 것과 다르자 의아한 표정을 지었다. 하지만 생각해보니 왕도의 명물이라 불리는 아카데미 입학이 돈만 있으면 손쉬울 리 없다고 생각했다. 주변 공기가 이상하다고 생각했지만 겉으로 드러내지 않고 조용히 서서 기다렸다.

잠시 후, 아카데미 내부에서 유델 또래의 소년이 빠른 걸음으로 다가왔다.

"아르셀 공작가의 후원을 받으신 유델님이신지요?"

유델이 고개를 끄덕이자 소년이 자신을 따라오라는 듯 제스처를 취했다.

아카데미 안으로 들어서고 안내된 곳은 거대한 연무장이

었다.

"저 혼자 시험 보는 것입니까?"

그가 이상함을 느끼는 것도 당연했다. 밖에 수많은 사람들
이 입학을 하고자 모여 있었다. 그 또한 입학 희망자 중 하나
인데 안으로 들어와 시험을 치른다는 사실이 이해가 되지 않
았다.

로만이 그의 의아함을 풀어주었다.

"아르셸 공작가의 후원을 받고 있으니 그만한 실력을 보여
야 하는 건 당연한 일이겠지. 네 실력을 발휘하면 될 것이다."

"알겠습니다."

미심쩍은 면이 없지 않아 있었지만 토를 달지 않고 조용히
서 있었다.

뒤로 물러난 로만은 구경이 가능한 곳에 자리 잡고 유델의
상대가 등장하길 기다렸다.

의외의 손님이 나타난 것은 그때였다.

"로만 경."

"아, 공녀님?"

갑작스레 등장한 사람들을 본 로만은 놀란 표정을 감추지
못했다. 멀지 않은 곳에서 일단의 사람들이 다가오고 있었는
데, 앞에 선 두 소녀의 미모가 대단했다.

그들은 아르셸 공작가의 인물들이었다. 앞에서 다가오고
있는 두 여인은 아르셸 공작의 딸인 레일리아와 엘리나였고,

다른 이들은 그녀들을 호위하고자 파견된 기사였다.

"공녀님이 어떻게 이곳에?"

"로만 경이 마탑에 들른 사실을 알게 되었어요. 곧바로 저택으로 오실 줄 알았는데 아카데미로 가셨더군요."

"아카데미 입학 절차를 마친 뒤 찾아뵈려고 했습니다."

"그렇군요. 그런데 이게 어떻게 된 상황이죠? 제가 듣기론 조기 졸업을 신청했다고 들었는데."

레일리아가 이곳에 찾아온 것은 우연이 아니었다.

편지에 적혀 있는 내용이, 로만이 열다섯의 나이에 엑스퍼트에 오른 천재 소년을 데리고 왕도로 향하고 있다 하였다.

믿기지 않는 사실에 그를 만나보고자 기다리던 차에 아카데미로 향했다는 소식을 듣게 되었고, 로만이 조기 졸업 코스를 신청했단 걸 알게 되어 이곳에 오게 되었다.

"아, 그건……."

로만은 유델을 만났던 일과 그의 목적에 대해 이야기해 주었다.

차가운 성격을 지녀 피조차도 차가울 것이라 알려진 레일리아는 흥미로운 기색으로 그의 이야기를 들었다. 열다섯의 나이에 엑스퍼트에 오른 재능만으로도 놀라운데 정작 마법을 익히고자 하는 그의 의도를 알 수가 없었다.

"완전 속였네요."

"목적이 있으니 이기기 위해 최선을 다하지 않겠습니까?"

"모든 실력을 파악하고 가문에 소식을 전한 것이 아닌가요?"

의아함이 깃든 말에 로만이 고개를 저었다.

"검을 맞댔지만 명분이 없다며 검을 거두었습니다. 몇 차례 충돌하면서 오러를 보았기에 엑스퍼트란 걸 눈치챘을 뿐 정확한 실력은 알지 못합니다."

"모든 실력이 드러나지 않았다는 거죠?"

레일리아는 흥미로움이 가득한 눈으로 유델을 바라보았다.

아직 덜 자란 그의 체구는 그녀보다 작았다. 덜 여문 육체로 피닉스 기사단의 부단장까지 지낸 로만과 검을 맞대다니? 더군다나 상대를 반드시 이겨야 하는 상황에 처한 만큼 어떤 실력을 보여줄지 기대가 되었다.

잠깐의 시간이 흐르고, 아카데미에서 몇몇 사람이 모습을 드러냈다. 그중 검을 든 사람을 본 엘리나가 놀란 표정을 지으며 말했다.

"어, 언니! 저분 검술학부 교수님이시잖아!"

"아!"

등장한 상대의 모습에 레일리아도 놀란 표정을 지었다.

왕도 아카데미에서 조기 졸업을 하기 위해서는 월등한 능력을 선보여 인정을 받아야 했다.

여기에서 월등한 능력의 기준은 가르치는 교수를 중심으로 한다.

수많은 이들이 입학을 하지만 졸업생은 터무니없이 적은 곳이 왕도 아카데미다. 그만큼 난이도가 높다는 뜻이 되며, 그곳에서 가르치는 교수의 수준은 낮지 않다는 걸 의미했다.

검술학부 교수 빌테른은 왕실 근위기사단 분대장을 맡던 인물이다.

실력은 부단장에 근접할 정도로 뛰어났지만 반골 기질이 심하여 툭하면 명령 불복종을 하기 일쑤였다.

이 골치 아픈 존재를 근위기사단에 둘 수 없었던 근위기사단장은 특단의 조치를 내려 빌테른을 아카데미 교수로 발령하였다.

상하 명령 체제가 존재하지 않고 정해진 수업 이외에 모든 시간이 자유였기에 빌테른은 근위기사단 소속 시절보다 크게 만족하며 살 수 있었다.

불같은 성격을 지닌 그에게 조기 졸업 신청은 어린 핏덩어리 녀석이 면전에서 교수를 깔보는 것과 같았다.

신청자의 정보를 접한 그는 표정을 찡그리며 종이를 구겨버렸다.

"조기 졸업을 신청한 녀석이 아르셀 공작의 후원을 받아?"

그에게 있어 그따위 정보는 중요하지 않았다. 조기 졸업을 신청한 녀석의 낯짝을 보기 위해 연무장으로 향한 그는 황당한 표정을 감추지 못했다.

"핏덩이잖아?"

조기 졸업 대상자는 해당 학부의 교수와 배움을 겨룬다. 합격하면 조기 졸업 코스를 밟을 수 있지만 실패하면 아카데미 입학이 십 년 동안 금지되고 해당 교수에게 막대한 위약금을 물어야 했다.

검을 익힌 자로서 실력과 경험이 절묘하게 맞물리는 사십 대 초반인 그에게 있어 덜 자란 유델은 핏덩어리 그 이상도 이하도 아니었다.

연습용 철검을 들고 연무장에 올라선 빌테른은 황당한 표정을 지우지 않고 물었다.

"네가 조기 졸업을 신청했냐?"

"유델이라고 합니다."

"다시 묻겠다. 네가 조기 졸업을 신청했냐고 물었다."

"그건 잘 모르겠습니다. 한 가지 확실한 건 제 상대로 나온 분을 꺾으면 제가 원하는 것을 얻을 수 있다고 들었습니다."

이상함의 정체를 확인한 유델이었지만 상황을 모면할 생각은 없었다.

현실 세계에서 사회의 삭막함을 일찍 깨달았기에 세상에 공짜는 없고 이유없는 호의도 없다는 것을 알고 있는 그다. 아르셀 공작가 같은 명문 가문이 순순히 자신을 후원할 리 없었다.

'실력을 선보이려면 제대로 보여야 한다는 건가.'

차분하게 가라앉은 눈으로 상대를 바라보았다.

검을 맞대기 전 상대가 얼마나 강한지 가늠하는 것은 반드시 필요한 과정이다.

보는 것만으로 실력을 꿰뚫어 보는 통찰력은 존재하지 않았지만 그가 품고 기세는 전체적인 강약 조절 결정에 큰 영향을 줄 수 있었다.

그 모습을 본 빌테른은 피식 웃음을 지었다. 자신을 가늠해 보려는 눈앞의 녀석이 우습게 여겨졌다.

"마냥 허깨비는 아니란 건가? 검을 건네줘라."

그러니 같이 왔던 인물 중 하나가 연습용 철검을 유델에게 건네주었다. 날이 서지 않았지만 얻어맞으면 피멍은 기본이었다.

검을 늘어뜨린 빌테른이 날카로운 눈빛으로 유델을 노려보며 입을 열었다.

"얼마든지 공격해 봐라. 단, 아카데미를 얕본 죄는 톡톡히 치를 것이다."

"사양하지 않겠습니다."

검을 든 유델의 몸은 한눈에 보아도 위태로워 보였다.

빌테른의 한쪽 입꼬리가 말려 올라갔다.

'납작하게 만들어주지.'

다 자라지 않은 몸으로 철검을 마음껏 휘두르는 것은 어려운 일이었다.

상황을 지켜보던 레일리아의 눈에 실망감이 자리했다. 검 끝이 불안정하게 흔들리고 있는 모습은 숙련된 검사라 볼 수 없었다.

그 기색을 눈치챈 로만이 물었다.

"실망하셨습니까?"

"솔직히 말하면 그래요. 정말 엑스퍼트가 맞긴 한가요?"

"지켜보면 알게 될 것입니다."

기대가 크면 실망도 큰 법이다. 유델에게 큰 기대를 품고 있던 그녀로서는 검조차 제대로 가누지 못하는 모습이 실망스러울 수밖에 없었다.

하지만 자신의 불만을 이해하는 로만의 모습에 레일리아는 묘한 감정이 들었다.

자신의 생각이 틀렸다는 걸 인정하기는 싫었고 인정하자니 로만의 안목을 무시하는 꼴이었다.

"유델에 대해 어느 정도 알고 계십니까?"

"잘 몰라요. 나이는 열다섯. 남부 지방 출신에 엑스퍼트에 올랐다는 것 정도."

"유델의 아버지는 오우거 슬레이어입니다."

"사냥꾼이란 건가요? 변변찮은 마나 연공법과 검술로 이 정도 성취가 가능한 일인가요?"

무시하는 발언은 아니지만 사냥꾼의 대개가 실전을 통해

마나 활용을 깨달은 인물들이다. 정립되지 않은 지식이기에 명문의 것과 거대한 차이가 존재했다.

그녀 또한 천재적인 재능으로 엑스퍼트에 올랐지만 세상의 모든 것을 자기 기준으로 판단하기에는 일렀다.

로만은 손녀에게 옛날이야기를 하는 할아버지마냥 말을 꺼냈다.

"찬란한 빛을 발하는 보석은 사람들의 환심을 사기 쉽습니다. 이를 천재에 비유할 수 있습니다. 가공된 다이아몬드 같은. 하지만 유델은 다릅니다."

"어떻게 다르단 거죠? 저 아이도 천재라면 찬란한 빛을 발하는 보석이 아닌가요?"

"유델은 진주라고 할 수 있습니다."

"진주? 하지만 진주는 다이아몬드보다 가치가 떨어지는 걸요."

그가 무슨 이야기를 하고자 하는지 이해가 되지 않은 레일리아가 반문했다. 옆에 서서 생각에 잠겨 있던 엘리나가 말했다.

"진주는 조개껍질에 둘러싸여 있어요."

그게 무슨 뜻이냐는 표정으로 로만을 바라보자 그의 입가에 미소가 걸렸다.

"정답입니다. 진주는 찬란한 빛을 발하지만 단단한 껍질에 둘러싸여 있습니다. 찬란한 다이아몬드는 환심을 사는 만큼 욕심을 가진 사람들의 손에 위태로울 수 있으나 진주는 껍질로 스스로를 보호할 수 있지요."

"그러니까 저 아이는 스스로를 보호할 수 있다는 뜻? 그게 무슨 뜻이지요?"

"찬란한 빛을 발하는 다이아몬드와 달리 보석의 존재를 감출 수 있다는 뜻입니다."

알고 있는 사실이었지만 레일리아의 머릿속으로 벼락이 내리쳤다.

"그것은……?"

"제가 유델을 가문에 추천한 것은 뛰어난 자질을 갖춰서가 아닙니다."

로만의 시선이 유델에게 고정되었다. 여전히 위태롭게 흔들리고 있는 검끝과 달리 그의 눈은 차분했다.

"제 스스로 명암을 가릴 수 있는 존재입니다."

그때 유델의 공격이 시작되었다.

검사가 상대를 제압하기 위해서는 무슨 조건이 필요할까?

뛰어난 자질과 검술, 마나 연공법이 필요하다.

유델은 자신의 자질이 어느 정도인지 냉정하게 판단을 내릴 수 없었다.

하지만 고대 검술과 마나 연공법은 다른 것보다 뛰어나다. 그러나 다른 자를 제압하기 위해서는 이것으로 부족하다고 여겼다.

그래서 그는 자질 대신 채울 수 있는 것이 무엇인지 연구했다.

답은 지척에 있었다. 바로 자신 그 자체였다.

열다섯인 육체는 여물지 못해 작았고, 근육질이 아닌 호리호리한 체구 탓에 약해 보였다.

힘 또한 없어 보이니 다른 사람이 얕잡아 보기 쉬웠다.

뛰어난 실력이 상대를 제압하는 데 효율적이지만 그보다 더 크게 발휘되는 것이 방심이란 괴물이다.

유델은 눈앞의 중년인을 이기기 힘들다고 냉정하게 판단을 내렸다.

그렇다고 하여 승부를 포기한 것은 아니다. 그가 결정한 것은 자신의 모든 실력을 발휘하고 상대의 방심을 끌어내 효과를 극대화시키는 것이었다.

철검은 무거웠으나 그가 지닌 검보다 무겁지 않았다. 검끝이 위태롭게 흔들리자 가소롭다는 눈빛이 자리했다.

하지만 이것만으로 부족했다. 좀 더 방심을 끌어내기 위해 몸의 균형을 이리저리 옮기며 단 한 번의 공격으로 무너질 수 있다는 것을 보여주었다.

언제든지 제압할 수 있다는 자신감은 곧 방심이 된다.

상대의 눈을 통해 그 감정이 전해졌을 때 유델의 검이 움직였다.

근력이 뛰어나지 않은 그가 독보적인 영역에 속한 것이 날

랜 몸놀림이다.

어린 시절부터 사냥꾼이 되기 위해 숲에서 뛰놀던 그의 몸놀림은 다른 사람과 비교할 수 없을 정도로 날랬다.

한순간 힘을 응집하여 섬광처럼 뿜어지는 그의 검은 숙련된 쾌검에 비해도 부족하지 않았다.

여유롭던 빌테른의 얼굴에 경악이 자리하는 것은 순식간이었다.

"헉!"

신음이 터져 나오기가 무섭게 그의 검이 움직였다. 상대를 얕잡아보았다고는 하나 그 또한 근위기사단 출신으로 검술학부 교수를 맡을 정도다. 열다섯 소년의 일격에 무너질 정도는 아니었다.

그러나 예상치 못한 일격에 손해를 보는 것은 어쩔 수 없었다.

쾅! 하는 소리와 함께 빌테른의 몸이 눈에 띄게 흔들렸다. 몸의 중심과 힘의 수발이 자유롭게 이루어지지 않으면서 단숨에 균형이 흐트러진 것이다.

유델은 그것을 놓치지 않았다. 실상 그가 노린 것이 바로 이것이다.

숙련된 검사는 하나의 정밀 기계와 같다. 부품 하나가 망가지만 전체가 삐걱거리는 것처럼 타이밍을 빼앗고 몸의 균형을 무너뜨렸으니 제대로 작동하지 못하도록 몰아붙여야 했다.

눈부신 속도로 뻗어진 검은 단숨에 빈 옆구리를 향해 휘둘러졌다.

"제길!"

낭패를 겪은 빌테른의 입에서 욕설이 터져 나왔다. 당장에라도 눈앞의 애송이를 때려눕히고 싶었지만 무너진 균형으로 인해 온 힘을 다한 공세를 펼치는 것이 불가능했다.

또한 부족한 근력을 몸 전체가 쇄도함으로써 상쇄시키고 있었다. 강하진 않지만 힘을 집중시키지 못하는 그에게는 위력적인 공격이었다.

호흡 한 번에 여러 번의 공방이 이루어질 정도로 눈부신 속도로 검이 움직였다.

빌테른의 몸은 뒤로 밀려나고 있었고, 기회를 노리는 유델의 검은 쉼없이 그를 압박하고 있었다.

"……."

순식간에 오고 가며 얽히는 검을 보며 레일리아의 표정이 굳었다.

근위기사단 출신인 빌테른은 검술학부에서 유명한 교수였다.

게으르고 수업에 열의를 보이지 않는 그의 지론은 '실전이 최고다!'였다. 수업 때마다 몇 명씩 돌아가며 대련을 빙자한 구타를 하는데 누구도 이의를 제기하지 못하는 이유는 실전을 겪고 나면 깨닫는 것이 많아서이다.

레일리아 또한 그와 검을 맞대보았기에 얼마나 강한 수준의 검사인지 알고 있다. 물오른 엑스퍼트 최상급인 그는 성격만 고쳐먹었다면 근위기사단 부단장을 노려볼 수 있을 정도로 대단한 실력의 소유자였다.

"그런데 밀리고 있어?"

두 눈으로 지켜보고 있지만 이것이 현실인지 믿기 힘들었다. 번개처럼 뿜어지는 유델의 검에 학생들을 농락하며 악마처럼 웃던 빌테른이 표정을 구기곤 형편없이 물러서기에 급급했다.

최상급 엑스퍼트인 그를 밀어붙이는 유델의 실력은 도대체 어느 정도란 말인가?

믿기 힘든 실력에 현실과 꿈 사이에서 오락가락하고 있었다.

옆에 있던 엘리나가 말을 걸지 않았더라면 말이다.

"언니, 빌테른 교수님은 검술학부 내에서 손에 꼽히는 실력자 아닌가요?"

"맞아."

"대단하네요. 빌테른 교수님을 상대로 저렇게 하다니."

검을 잘 모르는 엘리나는 레일리아만큼 충격이 크지 않았지만 유델의 실력에 마음이 놓이는 걸 느꼈다.

검을 쓰는 가문에 태어났기에 천재적인 재능의 소유자가 얼마나 큰 영향을 끼치는지 잘 알고 있다. 열다섯의 나이에

저 정도 실력이라면 추후 가문에 큰 힘이 되어줄 것임이 분명했다.

"정말 대단해요."

그녀의 시선은 땀이 맺힌 채 빌테른을 몰아붙이는 유델에게 고정되어 있었다.

'이 정도였던가.'

로만의 표정은 담담했지만 속으로 느끼는 감정의 폭은 레일리아보다 훨씬 컸다.

아는 만큼 보는 법이다.

레일리아는 빌테른을 몰아붙이는 유델의 실력에 놀랐지만 로만은 그를 상대하는 방식 자체에서 놀랐다.

상대의 방심을 끌어내어 유리한 고지를 점령하려는 것임을 알고 있었다.

유델 정도의 실력이라면 한눈에 빌테른이 이길 수 없는 상대라는 것을 파악했을 것이다. 그의 방심을 끌어내려 했던 것도 좀 더 실력을 발휘하려는 차원인 줄 알았다.

하지만 그것은 짧은 시간 유델에 대한 성격을 확신 내린 로만의 착각이었다.

'이기려고 할 줄이야.'

이기면 합격할 수 있다는 말 때문일까?

유델은 빌테른을 꺾기 위해 검을 휘두르고 있었다.

자질부터 심계까지 모든 면에서 높은 점수를 주었지만 로만이 염려하던 것은 유델이 지나치게 생각이 깊다는 점이었다.

생각이 많으면 실수를 범할 확률이 적어지지만 반대로 생각이 너무 많아 신중을 기하게 되면서 행동력이 줄어든다.

로만이 걱정했던 점은 유델이 빌테른 앞에서 생각이 깊어진 나머지 아무것도 해보지 못하고 무너지는 것이었다.

그러나 그것은 그의 기우에 불과했다. 유델은 모든 상황을 냉정하게 계산하여 이기기 위해 최선의 한 수를 놓았다. 그리고 그 결과는 지금까지 제법 훌륭했다.

'좀 더 보여다오, 너의 재능을.'

유델을 지켜보는 로만의 두 눈은 이채로 반짝이고 있었다.

'후우! 무리인가.'

빌테른을 몰아붙이던 유델은 자신이 이길 수 있는 시간이 지났음을 깨달았다.

파상 공세로 밀어붙였지만 취한 이득은 거의 없었다. 균형이 무너졌지만 빌테른의 수비는 굳건했고, 유델의 공격은 조금씩 둔해지고 있었다.

호흡이 흩어지면 연이어 펼칠 수 있는 공격의 흐름을 놓치게 된다.

재정비를 마친 빌테른의 실력은 유델을 월등히 웃돌고 있었기에 승산이 없었다.

'힘의 응집을 통한 공격은 효과적이야. 내가 성인이었다면 무너뜨릴 수 있었을 거야.'

그 점을 확신할 수 있게 된 것만으로 흡족한 성과였다. 검을 움켜쥔 유델은 마지막 힘을 쥐어짜 공세를 펼쳤다.

십여 번의 충돌이 이루어지며 빛이 번쩍였다. 상황을 반전시키기 위해 빌테른이 오러를 사용하면서 유델 또한 검에 오러를 발현시킨 것이다.

단숨에 상황을 반전시킬 수 있을 거라 생각하던 빌테른으로서는 육두문자가 터져 나올 뻔한 순간이었다.

'미친! 이 녀석의 나이가 열다섯이라고 하지 않았나? 그런데 엑스퍼트라고?'

천재라 불리는 족속들이 즐비한 곳이 근위기사단이었고, 빌테른도 천재라 불리며 눈부신 성취를 이루었던 인물이다.

그런데 눈앞의 녀석은 진짜 천재가 무엇인지 보여주고 있었다.

오러를 일으킬 수 있는 것은 두 번째였다.

열다섯의 나이에 어울리지 않는 심리전과 검의 운용은 진절머리가 날 정도다.

특히 빈틈만 골라 찔러오는 검술은 검을 박아버리고 싶을 정도로 얄미웠다.

'이것도 멀지 않았다.'

노련한 검사인 그는 유델의 공격이 오래 이어지지 못할 거란 걸 눈치챘다. 호흡이 흩어지는 순간 형편없이 얻어맞고 패배할 모습이 그려졌다.

꽝!

푸른 오러가 부서지며 사방에 흩어졌다. 억지로 응집시킨 힘은 유델의 검을 단숨에 밀어냈다.

"후우우!"

호흡이 흩어진 유델의 공세가 무뎌졌다. 그사이 흐트러진 몸의 균형을 바로잡은 빌테른은 공격을 가하기 위해 검을 움켜잡은 손에 힘을 주었다.

'대단한 실력이지만 일단 버릇 좀 고쳐주겠다.'

입꼬리를 말아 올린 그가 한 걸음 내디딜 때였다.

"졌습니다."

"뭐, 뭐?"

"방금 전 공격이 제 모든 힘을 다한 공격이었습니다. 기습이었는데 막아내시다니 역시 대단하십니다. 제 패배를 인정합니다."

"……."

승부에서 이겼으나 좋아할 수 없는 빌테른이었다.

열다섯에 불과한 녀석에게 실컷 공격을 허용하며 망신을 당하다가 상황을 반전시켜 반격을 가하려던 순간 상대가 패배를 선언하지 않은가!

실컷 얻어맞다가 상대가 제풀에 나가떨어진 격이어서 승

리에 대한 쾌감은커녕 불쾌감이 스멀스멀 피어오르며 속을
가득 채웠다.

당장에라도 폭발시키고 싶었지만 지켜보는 눈이 너무 많
았기에 뭐라 할 수도 없는 노릇이다.

"그래서, 패배를 인정한다고?"

"예."

"패배하면 불이익을 당할 수 있다는 걸 알지 못하나?"

"그럴 수도 있다는 걸 알고 있지만 그다음 보여드릴 수 있
는 건 얻어맞는 모습밖에 없습니다. 시류를 읽고 패배를 인정
하는 것이 더 좋을 수 있다고 생각해서 물러났습니다."

논리정연하게 자신의 생각을 말하니 빌테른은 뭐라 더 반
박할 수가 없었다.

이 빌어먹을 녀석은 교수인 그의 체면을 공략하여 팰 수 있
는 구실을 자연스럽게 차단하고 있었다.

목숨이 걸리지 않은 대련에서 물러나야 할 때를 파악할 줄
아는 것은 칭찬감이지 감점 요인은 아니었다. 일그러지려는
인상을 관리하며 수긍했다.

"어쩔 수 없지."

"좋은 평가 부탁드리겠습니다."

마음 같아서는 떨어뜨리고 싶었다. 하지만 그리하면 엑스
퍼트 최상급인 자신이 형편없이 밀린 것을 앙갚음하기 위해
재능있는 녀석을 떨어뜨린 꼴이 되기에 행할 수 있는 것은 하

나밖에 없었다.

표정을 일그러뜨린 그는 날카로운 눈으로 유델을 노려보다가 몸을 돌렸다.

"며칠 뒤에 결과가 통보될 것이다. 아르셀 공작가로 전달하지."

멀어지는 빌테른을 보며 유델은 호흡을 가다듬으며 로만이 있는 곳으로 향했다. 곁에 서 있는 아름다운 두 소녀를 보곤 멈칫했지만 그것도 잠시, 살짝 고개를 숙였다.

"이 정도면 되겠습니까?"

"만족스러울 정도만 보였단 뜻인가?"

"예."

"그렇다면 만족스럽다고 말하지."

실력을 알아보고자 했던 로만의 의도를 읽고 유델이 물은 것이다.

엑스퍼트 최상급인 빌테른은 로만도 쉽게 볼 수 없는 실력자였다. 그를 상대로 밀어붙이는 모습을 보인 만큼 더 이상 숨겨둔 여력이 있을 리 없었기에 로만은 더 이상 말하지 않았다.

"로만 경."

"유델, 네게 소개시켜 드릴 분이 있다."

레일리아와 엘리나가 자연스럽게 앞으로 나섰다. 두 소녀가 아르셀 공작이 애지중지하는 딸들임을 눈치챈 유델이 눈을 빛냈다.

그를 바라보는 두 소녀의 눈에 흥미로움이 자리하고 있었다.

"일공녀 레일리아 공녀님이시다."

"레일리아다. 같은 검을 걷는 검사로서 많은 교류가 있었으면 좋겠어."

그러면서 손을 내미는 그녀였다. 그것을 본 유델의 표정에 의아함이 서렸다.

무슨 이유로 손을 내민 것인지 몰랐던 것. 레일리아는 같은 검의 길을 걷는 자로서 잘해보자는 의미로 내민 손이었지만 이 세계의 예절에 대해 모르는 유델은 머뭇거리다가 결정을 내리고는 행동으로 옮겼다.

진심을 보이기는 어렵지만 레일리아는 그가 충성을 바쳐야 할 아르셀 공작의 딸이다. 한쪽 무릎을 꿇은 그는 그녀의 손을 잡고 손목에 입을 맞추며 말했다.

"기사로서 공녀님을 지키는 창이 되고 방패가 되겠습니다. 잘 부탁드립니다."

"……!"

예상치 못한 행동에 사람들은 당황한 표정을 지었다.

제 9 장

마법 이론을 익히다

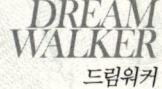

유델은 모르고 있지만 그의 행동은 고대 시절부터 내려온 기사의 예법이다.

권력을 지키고자 정략혼인이 횡행한 귀족 사회에서 귀부인과 호위기사의 사랑은 없던 일이 아니다.

한평생 곁에서 사랑하는 여인을 지켜볼 수밖에 없는 기사들은 경애하는 레이디에게 사랑을 맹세하며 예를 취하고는 했는데, 그것이 유델이 보인 행동이었다.

귀족이 아닌 그로서는 자신의 행동이 무엇을 의미하는지 알 리 없었다. 하지만 귀족 출신인 두 공녀는 유델의 행동에 당황할 수밖에 없었다. 기사도를 공부한 다른 기사들도 모르지 않았다.

당사자인 레일리아의 얼굴은 가관이었다. 뜬금없이 사랑 고백을 의미하는 예를 취하자 어떻게 반응해야 할지 몰랐고, 옆에서 지켜보던 엘리나는 눈을 동그랗게 떴다가 웃음을 참는 기색이 역력했다.

어수선한 분위기와 기이한 레일리아의 표정에 유델이 의아한 표정을 지었다.

"제가 실수한 것입니까?"

"아니에요. 이곳에서 그런 예를 볼 줄은 몰랐네요. 그렇죠, 언니?"

"이럴 줄은 몰랐다. 내가 손을 내민 것은 검을 익힌 동료로서 교류를 바란다는 의미였다."

"아, 죄송합니다. 저도 잘 부탁드립니다."

자신의 행동이 의미하는 바를 몰랐던 유델은 사과를 했지만 끝까지 태연한 모습이었고, 그에 괜히 자신의 행동이 과했던 것처럼 느껴졌던 레일리아의 표정이 냉랭하게 변했다.

그와 대조되게 화사한 미소를 지은 엘리나가 자기소개를 했다.

"엘리나예요. 잘 부탁드려요."

"잘 부탁드립니다."

"네. 후훗!"

어른스러운 유델의 모습에 방금 전 저지른 일이 떠올라 엘리나의 입을 비집고 웃음이 흘러나왔다.

"제가 실수한 것이라도?"

"아니에요. 제가 실없이 웃은 거예요."

얼버무리듯 말했지만 그녀가 웃은 이유를 모르는 사람은 유델뿐이었다.

졸지에 놀림감이 된 레일리아는 무안함에 얼굴이 붉게 달아올랐다.

"죄송합니다."

"됐어. 알고 했다면 문제지만 모르고 했다면 다음엔 그러지 않으면 되니까."

단호한 어조로 말한 레일리아는 몸을 돌려 외면했다.

그 모습을 바라보는 유델의 얼굴에 난감함이 번졌다. 무언가 실수를 한 것 같은데 알려주질 않으니 어떻게 행동해야 할지 난감했다.

"그렇다고 한들 제 실수가 사라지는 건 아닙니다. 사과라하기엔 뭐하지만 원하는 것이 있다면 가능한 들어드리도록하겠습니다."

"원하는 거라면 뭐든지?"

"제가 할 수 있는 거라면 무엇이든지."

레일리아의 푸른 눈이 유델을 응시했다. 현실에서 볼 수 없는 아름다운 소녀의 눈빛은 가슴을 두근거리게 만들었지만 내색하지 않고 다음 말이 이어지길 기다렸다.

"그렇다면 나와 대련을 해줘."

"예?"

"검을 익히고 가장 빠르게 실력을 증진시킬 수 있는 것은 대련이야. 동의하지?"

실전이라고 대답하고 싶었지만 기분을 거스르기 싫었던 유델이 고개를 끄덕였다.

"보다시피 난 공녀의 신분이라 제대로 된 대련을 하지 못해. 운이 좋아 엑스퍼트에 올랐지만 그것뿐, 요즘 들어 벽에 가로막혀 있어."

그녀의 말은 의외였지만 내용을 듣고 보면 그럴 수도 있다는 생각이 들었다. 검에 대한 열정이 대단하지만 실력을 증진시키기 위해서는 검을 맞대야 하는데 일국의 공녀인 그녀에게 진심으로 검을 휘두르는 이는 없을 것임이 분명했다.

"공녀님이 원하는 건 대련이고, 제가 전력을 다하길 바라는 것입니까?"

"맞아."

"따르겠습니다."

"좋아, 흔쾌히 수락하니 내게 저지른 무례는 용서하도록 하지."

흡족한 미소를 지은 레일리아는 몸을 돌려 걸음을 옮겼다. 그녀를 호위하던 기사들은 안타까움이 담긴 눈으로 한 차례씩 그에게 시선을 주고는 뒤를 따랐다.

그것이 무엇을 의미하는지 알지 못한 그는 무심코 엘리나와 시선이 마주쳤다.

"고생길이 펼쳐질 거예요."

의미 모를 말을 남긴 그녀는 레일리아의 뒤를 따랐다.

왕도 아카데미에서 조기 졸업 신청자가 등장했다는 소식은 교무실을 들썩이게 만들기에 충분했다.

왕국에서 최고의 인재를 길러내기 위한 인재 양성 의미를 띠고 있는 아카데미 교수는 당연히 왕국 내에서 손에 꼽히는 실력자들이 포진되어 있다.

조기 졸업 신청자는 교수에 준하거나 대등한 모습을 보여야 합격을 받을 수 있기에 커트라인이 무척이나 까다로웠다.

삼백 년의 역사 속에서 조기 졸업 신청자는 몇 되지 않았고, 합격한 이 또한 한 손가락 안에 꼽을 지경이다. 탈락의 고배를 마실 경우 주어지는 패널티가 만만치 않았기에 신청하는 이는 십 년에 한두 명 나올까 말까 할 정도다.

그런데 시험관으로 참가했던 빌테른의 말은 아카데미를 발칵 뒤집어놓았다.

"그 녀석은 충분한 자격이 있습니다."

유델과의 대결에서 낭패를 면치 못했던 그다. 지우고 싶은 순간이었지만 시험 당시 냉정한 판단을 위해 시험관이 파견된 상황이었다. 거짓을 고할 경우 교수 자리에서 쫓겨날 수도 있었다.

오만방자하기로 유명한 빌테른의 선언은 검술학부를 경악으로 몰아넣었다.

자세한 과정을 파악하고자 시험관을 통해 이야기를 전해 들은 교수들은 그의 말이 거짓이 아니라는 것을 깨닫게 되었다.

"조기 졸업 신청자가 합격을 했다!"

이와 같은 사실은 왕도 전체에 순식간에 퍼져 나갔다. 적지만 빌테른과 유델의 대결을 지켜본 이가 있었고, 시험에 합격할 수준의 인재라면 왕국 내에서 손에 꼽을 정도로 뛰어나다는 것을 증명한 것과 같았다.

삽시간에 수많은 귀족 가문의 이목이 유델이라는 이름에 집중되었다.

수많은 인재가 모여드는 왕도 아카데미는 왕도의 작은 정계라 불릴 정도로 수많은 귀족 가문의 이해관계가 얽혀 있는 곳이다.

인재를 가문에 끌어들이기 위해 혈안이 된 그들의 관계는 복잡하고 다사다난하여 가문과 가문의 전쟁으로 치닫는 경우가 있을 정도였다.

천재 중 천재가 등장했다는 소식에 유델의 정보를 사들인 귀족 가문들은 실망을 감추지 못했다.

그에게 후원하고 있는 가문이 아르셀 공작가란 사실이 알려진 것이다.

북부의 실력자인 아르셸 공작가와 척을 질 수 있는 가문은 왕국에 몇 되지 않았다.

대부분의 가문은 유델이 지닌 장래성을 탐냈지만 아르셸 공작가란 이름 앞에 욕심을 거둘 수밖에 없었다.

하지만 몇몇 가문은 여전히 유델이란 이름을 알아두고 정보를 모아들였다.

중앙 정계에서 큰 권력을 움켜쥔 몇몇 가문이었다.

그들은 유델이 아르셸 공작가의 후원을 받을 뿐, 그 이상의 관계가 아니란 것에 주목했다.

"유델은 아르셸 공작가의 후원을 받을 뿐, 기사 서임은 받지 않았다. 아직 기회는 있다."

기사 서임을 받고 충성을 맹세한 이를 빼돌리면 지탄을 받을 수 있지만 그전까지 유델을 확보할 수 있다면 위약금을 물어내는 선에서 모든 일을 처리할 수 있었다.

정보를 모으는 과정에서 유델이 빌테른을 상대하며 낭패를 보게 만들었다는 소식은 그들의 촉각을 곤두세우게 만들었다.

자기도 모르는 사이 유델의 이름은 왕도에 널리 퍼졌고, 교수들은 완숙한 엑스퍼트 경지에 올라선 유델을 만장일치로 수석 합격자에 올려놓았다.

자신의 이름이 왕도에 퍼지는 것을 눈치채지 못한 유델은 다급한 마음을 다스리며 시간을 헛되이 보내지 않기 위해 부지런히 움직였다.

그에게 웅장한 아르셀 공작가 왕도 저택 따위는 눈에 들어오지 않았다.

이 세계에서 가장 우선시해야 하는 것은 치료 마법을 익혀 현실로 돌아가 암에 걸린 어머니를 치료하는 것이었다. 언제 현실로 돌아갈 수 있을지 모르는 그로서는 하루하루가 피 말리는 시간이었다.

"마법, 마법을 익혀야 해."

로만의 허락을 얻어 저택에 마련된 도서관에서 마법에 대한 지식을 얻고자 했지만 철저하게 관리되는 마법은 익힐 수 없었다.

"입학까지 남은 시간은 일주일. 그 시간을 헛되이 보낼 수는 없다."

도서관에서 마법 지식 얻는 것을 포기한 유델은 방향을 바꾸었다.

왕국에서 손에 꼽히는 가문답게 아르셀 공작가도 마법사를 보유하고 있다.

레일리아나 엘리나에게 허락을 얻을 수 있다면 마법사에게 간단한 마법 지식을 얻을 수 있을 것이라 생각했다.

"레일리아 공녀를 설득해야 한다."

차분한 성격의 엘리나는 가끔 산책하는 것 이외의 시간은 방 안에 틀어박혀 공부에 매진하기에 얼굴을 마주하기 힘들었다.

하지만 검에 매진하는 레일리아는 매일같이 연무장에 나가 수련에 몰두했다.

오늘은 레일리아와 유델이 대련을 하기로 한 날이었다. 원래 그녀는 아카데미에서 저택으로 돌아온 뒤 곧바로 대련을 하고자 했으나 휴식을 취해야 모든 힘을 발휘할 수 있다는 로만의 만류에 오늘을 대련 날로 정했다.

재촉에 가까운 레일리아의 초대에 유델은 연무장으로 걸음을 옮겼다.

도착한 유델은 검을 휘두르고 있는 레일리아의 모습을 조용히 지켜보았다.

진지하게 몰두하고 있는 그녀의 모습은 진정으로 아름다웠다.

현실에서 얼굴을 뜯어고치고 허영에 빠져 명품만이 자신을 아름답게 만들어줄 수 있다고 생각하는 여자들을 상당수 보아온 유델로서는 여자가 미모가 아닌 다른 면으로 아름다울 수 있다는 것을 깨닫게 해주었다.

"간단하게 몸을 풀어둬. 제대로 실력을 발휘하지 못한 모습은 보기 싫으니까."

"알겠습니다."

대련이기에 두 사람은 철심이 박힌 목검을 들었다. 철검에 비해 가벼웠지만 목검의 한계를 뛰어넘지 못했기에 오러를 발현하면 오래 버티지 못하고 부서져 버린다.

그것이 의미하는 바는 검술의 기교를 겨뤄보자는 것과 같았다. 목검에 마나를 불어넣을 수 없지만 신체 능력만큼은 비약적으로 상승시킬 수 있었다.

간단하게 목검을 움직이던 유델은 레일리아가 자신을 빤히 바라보는 것을 느끼곤 물었다.

"왜 그러십니까?"

"보통 몸을 풀 땐 검술을 응용하지 않나?"

"저는 좀 다른가 봅니다. 몸을 다 풀었으니 대련을 시작하지요."

"바라던 바야."

그녀의 활기찬 어조와 함께 모습을 드러낸 것은 로만이었다.

"심판은 내가 보도록 하지."

레일리아는 아르셀 공작이 애지중지하는 딸이고 유델은 벌써부터 수많은 귀족 가문의 주시를 받고 있는 인재다. 두 사람 중 누구도 다치게 할 수 없었기에 로만은 심판을 자처했다.

목검을 움켜쥔 유델은 긴장한 기색으로 자신을 바라보는 레일리아에게 말했다.

"저는 대련이라는 것이 무엇인지 잘 모릅니다. 제가 실력을 발휘하기 위해서는 실전을 방불케 하는 치열함이 있어야 합니다. 허락해 주시겠습니까?"

그것이 오히려 그녀가 바라는 바였다.

대련을 간절히 바라던 내막에는 허수아비처럼 은연중 자신을 봐주던 기사들의 행동에 진절머리가 나서였다. 유델의 말은 사막의 오아시스와 같았다.

"허락하겠어."

"알겠습니다."

신중한 표정으로 검을 든 레일리아와 달리 유델은 검을 늘어뜨린 채 그녀를 도발하고 있었다.

그것은 마치 공격할 수 있으면 해보라는 의미.

유델의 행동이 의미하는 바를 모르지 않았지만 무시당한 것 같아 기분이 나빠지는 걸 느낀 레일리아는 미간을 찌푸리더니 드러난 틈을 향해 검을 휘둘렀다.

훤히 드러난 어깨를 가격하여 힘을 발휘하지 못하게 할 심산이었다.

그 순간 유델의 검도 움직였다. 그의 움직임은 그녀의 예상을 뛰어넘었는데, 피하거나 막아내는 것이 아니라 마주 공격을 가했다.

더군다나 그의 공격은 찌르기로, 눈부신 속도로 뿜어져 그녀의 가슴을 꿰뚫을 듯하였다.

교묘하게 몸을 틀고 있었기에 그녀의 공격은 큰 효과를 발휘하기 힘들었지만 유델의 공격은 치명적이었다.

"칫!"

혀를 찬 레일리아는 공격을 멈추고 유델의 검을 막아갔다.

캉! 하는 소리와 함께 두 검이 얽혔고, 한 걸음씩 물러났지만 회복이 더 빠른 것은 유델이었다. 그녀가 재정비하기 전에 달려든 그는 집요하게 물고 늘어졌다.

승부는 다섯 번의 충돌 후 갈렸다. 목, 가슴 등 치명적인 약점만 공략하던 유델은 그녀의 중심이 무너진 틈을 타 목전 앞에 검을 겨눈 것이다.

"대련은 끝났습니다."

입술을 질끈 깨문 그녀의 얼굴에 승복할 수 없는 빛이 역력했다.

아직 자신은 모든 실력을 발휘하지 못한 상황이다. 그리고 가슴을 노리던 유델의 행동으로 인해 속이 부글부글 끓고 있었다.

뭐라 말을 잇지 못하는 그녀를 향해 유델이 말을 덧붙였다.

"공녀님이 원하신다면 다시 대련을 하겠습니다."

"좋아, 다시 하도록 해."

"대신 제 부탁을 들어주십시오."

"부탁? 지금 내게 부탁이라고 했어?"

형편없는 패배에 기분이 나락까지 떨어진 그녀는 당돌한

유델의 말에 목소리를 높이고 말았다.

곁에서 지켜보던 로만도 인상을 찌푸렸지만 유델은 표정 변화 없이 고개를 끄덕였다.

"예, 공녀님만 들어줄 수 있는 부탁입니다."

"일단 말해봐. 나도 억지 기분으로 대련에 임하길 바라지는 않으니까."

"저택에 머물고 계신 마법사님에게 마법 이론에 대해 가르침을 받고 싶습니다."

"마법? 그러고 보니……."

레일리아는 유델이 로만에게 거래를 신청했다는 이야기를 전해 들었다. 그리고 아카데미에서 검술학부가 아닌 마법학부에 들어가길 희망한다는 것도 들었다.

"왜 마법을 익히려는 거야?"

"이유가 있습니다."

"마나 연공법을 익혀 마나 홀을 생성한 검사는 마법을 익힐 수 없어. 마검사는 이야기책 속에 등장하는 허구인데."

"사정이 있습니다. 부탁드립니다."

대답하지 않는 모습이 괘씸하기도 했지만 여자 특유의 직감에 그의 절박함이 느껴졌다.

고민하던 레일리아는 고개를 끄덕이며 조건을 덧붙였다.

"좋아, 허락하겠어. 하지만 그것만으로 안 돼. 대련에서 전력을 다해 나를 꺾어. 그러면 네 바람은 이루어질 거야."

"알겠습니다."

기브 앤 테이크.

주는 것이 있으면 오는 것도 있는 법이다.

레일리아에게 있어 자신의 부탁은 어려운 것이 아닐지 모르나 현재 유델의 입장에서 그것은 가장 간절히 바라는 일이었다.

검을 든 유델의 기세가 조금 전과 판이하게 달라졌다.

연무장에 무거운 침묵이 감돌았다.

서서히 지고 있는 석양은 연무장에 주저앉아 있는 소녀를 비췄다. 아카데미에서 북부의 장미라 칭해지는 레일리아가 주인공이었다.

싸늘한 표정으로 수많은 귀족 청년을 두근거리게 만들었던 그녀는 망연자실한 표정이었다.

초점이 맺히지 않은 눈으로 앞을 바라보던 그녀는 무심코 자신의 손에 시선을 두었다.

곳곳에 자리한 굳은살과 물집은 그동안 그녀가 해온 수련을 의미했다.

공작이 되기 위해 근육통에 시달리는 몸을 끌고 검을 휘둘렀으며, 눈이 오나 비가 오나 하루도 거르지 않고 수련에 매진했다.

그녀를 바라보는 로만의 시선에 안타까움이 가득했다. 언제나 자신감이 가득했지만 오늘의 그녀는 날개가 부러진 가련한 새였다.

"로만 경, 제 수련이 헛된 건가요?"

"그것은 아닙니다."

"그럼 뭐가 잘못된 거죠?"

수많은 생각이 그녀의 머릿속을 맴돌았지만 정답은 나오지 않았다.

조건을 걸고 다시 시작된 유델과의 대련.

한 차례 어이없는 패배를 경험했기에 처음부터 강공으로 유델을 압박하고자 했다.

남자와 여자는 신체적인 차이가 존재하지만 유델의 나이가 셋이나 어려 차이는 거의 없었다. 여태껏 자신에게 행해왔던 것을 유델에게 한다면 유리한 고지를 점령할 수 있으리라 생각했다.

하지만 대결이 벌어지고 검을 맞대면서 그 생각은 산산이 부서졌다.

유델은 공언한 대로 자신의 모든 실력을 선보였다.

그리고 펼쳐진 것은 일방적인 대결이었다.

그녀가 펼친 회심의 검초는 유델의 검 아래 산산이 부서졌고, 이리저리 휘둘리며 방어하기에 급급했다.

사방이 고립된 채 유델의 검이 목전에 놓였을 때, 자신감은 무너졌다.

숨이 턱 끝까지 차오른 그녀와 달리 검을 거두는 그 순간까지 유델은 평온함을 유지했다.

"공녀님에게는 중대한 결점이 있습니다."

"대련 경험이 부족하다는 건 알고 있지만 이런 결과가 나올 정도는 아니에요."

"대련 경험의 유무가 중요한 것이 아닙니다. 공녀님과 유델은 그보다 더 심한 차이가 존재합니다."

"더 심한 차이라면?"

정답을 기다리는 학생마냥 로만에게 모든 신경을 집중했다.

"실전입니다."

"실전······?"

"유델은 공녀님과 달리 탄탄한 기초를 다지며 실력을 쌓지 않았습니다. 그 아이는 목숨이 걸린 사냥을 통해 실력을 증진시켰지요. 이는 대련 경험과 비교할 수 없을 정도로 값집니다."

"이런 차이를 보일 정도로?"

"공녀님이 겪어보셨으니 더 자세히 아시리라 생각합니다."

그 말을 끝으로 로만은 더 말하지 않았다.

오러를 발현시키는 것을 중점으로 보면 유델과 레일리아의 실력은 비슷했다. 하지만 유델은 대련을 함에 있어 상대의 심리를 읽고 자신에게 주어진 환경을 유리하게 만드는 능력이 있었다.

그것은 레일리아가 미숙한 부분이었고, 실력은 비슷했지만 차이점을 채우지 못하니 일방적인 대결이 진행될 수밖에 없었다.

"생각을 해봐야 할 것 같아요."

"답을 얻는 순간 더 강해질 수 있을 것입니다."

비틀거리며 자리에서 일어난 그녀는 저택 안으로 들어갔다.

레일리아를 꺾은 유델은 마음이 편하지 않았다.

자신이 이룩한 성취에 자부심을 갖고 있는 그녀다. 자신과의 대결은 자신감을 산산이 부숴 버리기에 충분했다.

"강한 성격을 지녔으니 일어설 수 있겠지."

그걸 알았기에 더 철저하게 그녀를 꺾어주었다.

비슷한 성취를 이루고 있는 자신에게 겪은 처참한 패배는 더 높은 경지에 올라설 수 있는 발판을 마련해 줄 것임이 분명했다.

"내게 급한 건 그게 아니니."

자존심이 강한 그녀는 패배를 했지만 약속한 바를 지켰다.

아르셀 공작가에 몸을 담고 있는 마법사는 바르손이라는 이름을 가졌는데, 5단계 마법사로 검사로 치면 엑스퍼트에 해당하는 실력자였다.

공격 계열 마법보다 실용 마법을 중점적으로 익힌 그는 유델에게 적합한 인물이었다.

바르손은 삼십대 후반의 나이에 생긴 외모는 전형적인 마법사를 떠올리게 했다.

얼굴은 평범했고 반 곱슬인 갈색 머리는 덥수룩한 느낌을 주었다. 호리호리한 몸은 한 대 치면 부러질 듯했다.

"유델이라고 합니다."

"바르손이라고 한다. 마법 이론을 배우고 싶다고?"

"예, 아카데미에 입학하기 전 간단한 이론을 익히고자 청하게 되었습니다."

"이미 검을 상당한 수준까지 익힌 것으로 알고 있는데 무슨 이유로 마법을 익히려는 것인지 모르겠군."

"개인적인 사정이 있습니다. 질문을 해도 되겠습니까?"

"얼마든지."

마법사는 토론을 즐겨 한다. 몸이 아닌 머리를 쓰는 이들이기에 다른 사람과 나누는 대화 속에서 깨달음을 얻는 경우가 드물지 않았던 것이다.

그런 의미에서 처음부터 질문을 하는 유델의 행동은 검을 쓰는 검사답지 않았다. 바르손의 표정이 한결 부드러워지는 걸 본 유델이 말문을 열었다.

"검사가 마법을 익힐 수 없는 이유가 궁금합니다."

"간단하다. 마나 홀과 하트의 차이라고 볼 수 있다."

"그것만으로는 이유가 부족하다는 걸 느꼈습니다. 단순하게 생각해 보면 하트를 마나 홀로 대체할 수 있다고 생각했습니다."

"자세히 파고들어야겠군. 질문의 요지는 마법사와 검사가 체내에 마나를 쌓는데 어째서 마법 사용하는 것이 불가능한지 묻는 거군?"

"그렇습니다."

진지한 유델의 모습에 바르손은 간단하게 답변하고 끝낼 수 없다는 걸 깨닫곤 진지한 표정으로 말을 이어나갔다.

"체내에 마나를 쌓는 것은 같지만 사용 방식에 차이가 있다고 볼 수 있겠군. 검사의 경우 마나 연공법으로 마나 로드를 개척하고 마나 홀에 마나를 쌓지. 그리고 검을 매개로 하여 오러를 발현하지. 하지만 마법사는 다르다."

"경청하겠습니다."

"마법사가 마나를 쌓는 것은 검사처럼 직접적으로 활용하려는 것이 아니다. 마법사는 마법을 사용하기 위해 체내에 쌓인 마나를 이용하여 공명을 일으키지. 그러면 의지력으로 주변의 마나를 끌어들일 수 있다."

유델의 눈이 빛났다. 호응이 있자 바르손의 음성에 힘이 실렸다.

"마법사는 공명을 통해 마나를 끌어들이고 정해진 수식을 풀어 캐스팅을 하지. 그리고 시전을 한다. 검사가 마법을 시전하기 못하는 것은 오러를 발현하는 것과 마법을 시전하는 것이 각기 다른 재능을 요구하기 때문이다."

"재능의 차이라면 어떤 것인가요?"

"간단하게 말하면 검사의 마나는 마나 로드를 통해 자연스럽게 흘러간다. 반대로 마법사는 마나 로드를 개척하지 않아 마나가 움직이기보다 고정되어 있지. 그러니 공명을 일으키기가 쉬운 것이다."

검과 마법의 양립 여부는 마법 학계에서 오래전부터 논의되어 왔던 것이다.

고대 시대에는 검과 마법을 동시에 익힌 마검사가 존재했다고 알려지지만 당대에 이르러 두 가지를 모두 사용하는 것은 불가능하다고 판명되었다.

요구하는 재능이 다르고 활용 방법이 달랐기에 무리하게 시도하면 마나가 역류하여 폐인 신세를 면치 못했기 때문이다.

"그럼 마법 익히는 건 포기해야겠군요."

"이름만 들어도 알 수 있는 유명한 마법사들이 마검사에 대해 연구했지만 실패했지. 마검사가 되려면 의식과 무의식을 동시에 다스릴 수 있는 재능을 지녀야 할 것이다."

그것은 인생 선배로서 충고에 가까웠다.

바르손은 유델에 대해 소문을 들었다. 열다섯의 나이에 엑스퍼트에 오른 유델의 재능은 마법사로 치면 서른 이전에 4단계를 돌파한 천재와도 같았다.

하늘이 내려준 재능을 무리한 욕심으로 저버리지 않길 원했다.

"알겠습니다. 다른 질문이 있습니다."

"말해봐라."

"마법 인챈트 같은 경우는 어떤지 궁금합니다."

"인챈트라…… 흐음."

마법은 단호한 어조로 안 된다고 말한 바르손이었지만 인챈트 마법에 대해서는 쉽게 답을 내놓지 못했다.

인챈트 마법은 기존의 마법과 궤를 달리하였는데, 그 까닭은 사물에 마법을 담아내는 것이 주류를 이루어서 그렇다.

마법사가 새긴 마법진으로 마법을 발휘할 수 있는 사물은 아티팩트, 매직 아이템, 스크롤 등으로 분류되어 실생활에 응용되고 있었다.

인챈트 마법을 검사가 익힐 수 있다?

한 번도 생각해 보지 않은 문제이기에 고민이 깊어질 수밖에 없었다.

그를 향해 유델은 자신의 생각을 덧붙였다.

"다른 마법과 달리 인챈트는 마법진을 그리고 마나를 불어넣어 효력을 발휘한다고 들었습니다. 마법진을 그릴 수 있다면 인챈트 마법이 가능하지 않을까 싶어 질문하게 되었습니다."

"한 번도 생각해 보지 않은 문제지만 생각해 볼 만하군."

실용 마법을 익혔기에 바르손은 유델의 발상이 가능할지 모른다고 생각했다.

마나가 구애를 받지 않기에 인챈트 마법진을 그려낼 수 있다면 검사도 가능했다.

"하지만 마검사가 되는 건 아니지."

"꼭 마법사가 되려는 것이 아닙니다. 하지만 인챈트를 사용할 수 있으면 반쪽이지만 마검사 급 위력을 발휘할 수 있지 않을까 싶습니다."

"연구를 해보면 될 것 같긴 한데 인챈트 마법은 전문 분야가 아니라서 어렵군."

어렵다는 식으로 말했지만 해볼 가치가 있다는 말은 유델에게 희망을 가져다주었다.

그가 원하는 것은 마법을 익히는 것이 아니라 마법을 발휘하는 것이다.

비슷하지만 사물에 마법을 부여할 수 있다면 현실에서 치료 마법 스크롤이나 매직 아이템을 만들어 어머니를 치료하는 것이 가능했다.

중요한 것은 아카데미에서 인챈트 마법을 가르치느냐 하는 것이었다.

"아카데미에 인챈트 마법이 있는지요?"

"있는 걸로 알고 있다. 그걸 배워볼 생각이더냐?"

"마법을 익히는 것이 불가능하다면 인챈트에 가능성을 걸어볼 생각입니다."

"나쁘지 않은 생각이다. 그럼 이렇게 하는 것이 어떠냐?"

바르손의 목소리가 은밀해졌다. 유델이 살짝 몸을 기울이자 주변을 둘러본 그는 목소리를 낮췄다.

"네 말을 들어보니 나쁘지 않은 실험이라 생각한다. 잘하면 마검사가 될 수 있는 단서가 될 수 있을 것 같기도 하고. 네가 인챈트 마법을 익히고자 한다면 나 또한 연구 과제로써 도움을 줄 수 있다. 어떻게 생각하느냐?"

검사가 마법을 익히는 것 여부는 마법 학계에서 오래전부터 논의되어 왔던 것이다.

다소 방향을 선회했지만 검사가 인챈트 마법을 통해 마법 부여가 가능해지면 마검사가 되는 단초를 제공하는 일이 된다.

바르손은 이것을 연구함으로써 학계에 자신의 이름을 알리고자 했다.

"제가 도움을 드릴 수 있겠습니까?"

"아카데미에 들어간 너는 인챈트 마법 이론을 배울 수 있을 것이다. 내가 가진 지식보다 더 자세할 테지. 하지만 그것이 끝이 아니다. 내가 돕는다면 네가 인챈트 마법을 익히는 데 도움이 될 수 있을 것이다."

유델은 마법을 원하고 바르손은 성과물을 원했다.

자신에게 손해될 것이 없다고 여긴 그는 망설이지 않고 고개를 끄덕였다.

"알겠습니다. 염치불구하고 도움을 청하겠습니다."

"좋은 일이다. 이 제안은 네게도 손해가 아닐 것이다. 내 모든 지식을 발휘하여 네가 인챈트 마법을 익힐 수 있도록 돕도록 하마."

두 사람의 이해가 충족되는 순간이었다.

깜깜하던 길에서 빛을 발견한 유델의 표정이 한결 밝아졌다.

유델이 일으킨 파장은 왕도 귀족들이 아르셀 공작가를 주시하게 만들었다.

그들을 다시 한 번 들썩이게 만드는 일이 발생했는데, 바로 카스트로 자작의 왕도 방문이었다.

귀족 가문들은 그것이 유델을 지키고자 하는 아르셀 공작의 적극적인 의지라고 착각했다.

왕도에 들어선 카스트로 자작은 한달음에 저택으로 향했다. 그리고 마중 나온 사람의 면면을 살피다 한 소녀를 발견하고는 입가에 진한 미소가 걸렸다.

"더 예뻐졌구나."

함께 이동하던 기사들의 얼굴에 경악이 자리했다. 숙련된 기사인 그들의 눈에는 이제야 사람의 신형이 눈에 들어오고 있었는데, 카스트로 자작은 그들의 면면을 살핀 것이다.

가까이 다가가자 그를 미소 짓게 만든 엘리나가 자리하고 있었다.

"할아버지를 뵈어요."

"오랜만이구나, 엘리나. 네가 마중 나오다니 기분이 좋구나. 하하하!"

"할아버지가 좋아하시니 저도 좋아요."

"이 친구가 나는 눈에 보이지도 않나 보군."

옆에 서 있던 로만이 타박을 주자 카스트로 자작의 시선이 옆으로 옮겨졌다.

"그럴 리가! 다만 우리 예쁜 손녀와 알콩달콩 시간을 보내고 싶었을 뿐이라네."

그렇게 말하지만 어느새 시선은 엘리나에게 고정되어 있었다. 절친한 친구였지만 예쁜 손녀에게 눈이 가는 것은 어쩔 수 없었다.

"저런."

"반가운 얼굴을 보니 여독이 사라지는구나. 그나저나 레일리아는 어디 있느냐?"

"예? 아! 언니는 안에 있어요."

"할아버지가 왔는데 안에 있다고?"

카스트로 자작의 얼굴에 실망감이 서리자 엘리나는 안절

부절못했다.

유델과 있었던 대련 때문에 그녀가 칩거에 들어간 사실은 알고 있었지만 차마 이곳에서 언급할 수는 없었다. 실망하는 그의 팔을 붙잡은 엘리나가 말했다.

"들어가요. 자세한 건 안에서 말씀드릴게요."

"그러지. 너희들도 고생을 했으니. 오늘은 편히 쉬도록."

함께 이동한 기사들에게 휴식을 명령한 카스트로 자작은 저택 안으로 들어섰다. 응접실에 도착한 그는 엘리나와 로만에게 레일리아가 모습을 드러내지 않는 이유를 물었다.

차갑긴 하지만 만나는 것을 꺼리지 않았던 그녀의 변화가 궁금했다.

머뭇거리는 엘리나의 모습에 로만은 한숨을 내쉬며 유델과 있었던 일을 설명했다.

말이 끝났을 때 카스트로 자작의 표정은 차갑게 굳어 있었다. 화가 났을 때 보이는 모습이었기에 엘리나는 잔뜩 긴장했고, 로만의 입에서 한숨이 저절로 흘러나왔다.

선이 굵고 직선적인 그는 젊은 시절 혈기를 이기지 못하고 사고를 치고는 했다.

마스터에 오른 지금도 마찬가지였다. 예의를 잊었다고 하며 젊은 기사들을 혹독하게 굴리는 것은 아르셀 공작령에서 악명이 자자했다.

"이 녀석이 감히 내 손녀를!"

"이미 이야기하지 않았나? 진정하게."

"진정은 무슨! 가문의 기사가 되기로 한 녀석이 공녀에게 거래를 제안하다니! 당장 이 녀석을 연무장으로 데려와라! 본때를 보여주겠다!"

노기를 감추지 않은 카스트로 자작은 자리를 박차고 나섰다. 복잡하게 꼬이는 상황에 로만은 머리가 지끈거리는 걸 느끼곤 머리를 부여잡았다.

제
10
장

만만하지 않은 세상

　유델은 지금의 상황에 처하게 된 자신의 어리석은 판단을
후회했다.

　더욱 발전할 수 있으리라 생각했고, 일어날 수 있을 거라
믿었기에 인정사정 봐주지 않고 참혹한 패배를 안겨다 주었
다.

　그러나 레일리아는 뛰어난 자질을 지닌 검사이기 전에 아
르셀 공작가의 공녀였다.

　그녀와 그의 신분 차이는 하늘과 땅 차이였고, 한마디에 목
숨이 오갈 수 있을 정도다.

　연무장에 불려 나온 유델은 적개심 가득한 카스트로 자작

에 의해 혹독한 신고식을 치러야 했다.

아카데미를 졸업하면 그가 입단하기로 한 피닉스 기사단의 단장 카스트로 자작은 고아 출신으로 전대 아르셀 공작의 여동생을 부인으로 맞이한 인물이다.

기사들에게 있어 신화적인 존재이기도 한 그는 완숙한 마스터로서 룬가드 왕국을 대표하는 검이었다.

팔십의 나이가 무색하게 여겨질 정도로 거대한 체구와 살벌한 기세는 접하는 것만으로도 위축되게 만들었다.

처음 대면한 순간 카스트로 자작이 한 말은 간단명료했다.

"온 힘을 다해라. 그래야 네가 살 수 있으니."

목숨의 위협을 느낀 유델은 기연과 함께 얻은 애검을 움켜쥐었다.

정면에 마주하고 있는 것만으로 전신이 위축될 정도로 기세가 남달랐다.

마스터란 존재를 단 한 번도 보지 못한 유델로서는 개안하고 있었다.

하지만 그 생각도 오래가지 못했다.

말도 하지 않은 채 먼저 공격을 감행한 것이다.

살벌한 일격은 영혼조차 베어버릴 정도로 날카롭고 빨랐다. 가까스로 피하는 데 성공했지만 연이어 펼쳐지는 공격에 수세에 몰려야 했다.

'마스터.'

흔히 마스터는 걸어 다니는 기사단에 비유된다. 오러를 유형화시키는 단계를 넘어서 형태를 갖출 수 있는 경지로 정신력과 신체 능력이 일반 기사에 비할 바가 아니었다.

카스트로 자작은 유델을 죽일 기세로 검을 휘둘렀다. 모골이 송연해지는 그의 공격을 접할 때마다 유델은 목숨의 위협을 느껴야만 했다.

어느새 연무장에는 레일리아와 엘리나가 나와 있었다. 로만은 몰려드는 기사들을 돌려보내며 걱정이 깃든 눈으로 상황을 지켜보고 있었다.

'이대로는 안 된다.'

살기가 깃든 공격은 목숨을 취하려 들었다.

이곳이 꿈이라 생각하던 시절에는 목숨에 연연하지 않았지만 지금은 또 하나의 현실이라 생각하고 있는 유델이었다. 목숨을 잃게 되면 현실에서 어떻게 될지 몰랐기에 목숨을 내줄 수는 없었다.

마스터의 비기라 알려진 오러 블레이드를 시전하지 않았지만 카스트로 자작의 일격은 빠르고 강했다. 단순했지만 이 두 가지를 완벽하게 갖춘 일격은 평범한 기사라면 진즉에 나가떨어졌을 정도로 강렬했다.

유델은 선택의 기로에 놓였다.

그는 여태껏 공동에서 익힌 검술을 단 한 번도 세상에 펼쳐 보인 적이 없다.

로만에게 기연을 얻었다고 말했지만 그는 유델이 펼치는 실전 검술이 전부인 줄 알고 있다.

고대 검술은 지금 이 시대에서 가장 앞서나갈 수 있기에 가치가 높다.

보물이 세상에 모습을 드러내면 탐을 내는 자가 생길 수밖에 없기에 유델로서는 최대한 감춰야 하는 한 수임이 분명했다.

하지만 그것도 목숨이 성할 때·이야기였다.

카스트로 자작의 살기는 진짜였고, 당장에라도 무너질 것처럼 위태로웠다.

보물을 품에 꽁꽁 싸맨 채 그대로 목숨을 내줘야 한단 말인가?

'어쩔 수 없다.'

마음을 굳히는 순간 유델의 움직임이 달라졌다.

강맹한 일격을 막아내기에 급급하여 빠른 몸놀림으로 수비에 몰두하던 그의 몸이 흔들리기 시작했다.

모르는 이가 본다면 카스트로 자작의 공격을 막아내지 못해 무너지는 것처럼 보였을 테지만 검을 맞대고 있는 그와 지켜보고 있는 로만은 그렇게 생각하지 않았다.

이상한 것을 느끼는 순간 유델의 신형이 쇄도했다.

그가 펼치던 검술은 살을 내주고 뼈를 취하는 실전 검술에 뼈대를 두고 있다. 하지만 지금 펼치는 것은 여태껏 보아왔던 것과 달랐다.

'달라졌다.'

지켜보던 로만이 위화감을 느끼는 순간 유델의 공세가 시작되었다.

날카롭게 휘둘러진 검은 옆구리를 노리며 쇄도했다. 전에는 공격하는 순간 빈틈이 드러났지만 지금은 달랐다. 교묘하게 몸을 틀며 체중 이동을 하고 있었다.

완벽한 공수일체. 반격할 여지가 존재하지 않는 공격은 그를 가장 자 알고 있는 로만조차도 처음 보는 것이었다.

캉! 하는 소리와 함께 두 검이 얽히기 시작했다. 섬광처럼 뿜어지는 유델의 검은 교묘한 몸놀림과 함께 일방적으로 공세를 퍼붓고 있었다. 카스트로 자작의 검에 목이 떨어지지 않을까 염려하던 레일리아는 분투하는 그의 모습에 놀란 표정을 짓고 말았다.

십여 번의 공격이 정신없이 펼쳐졌고, 카스트로 자작의 겨드랑이가 열렸을 때 유델의 검이 빈틈에 정확하게 꽂혔다.

그 순간 퍽! 하는 소리가 울려 퍼지더니 그의 몸이 떠올라 연무장 바닥에 처박혔다.

빈틈을 드러냈다고 생각되던 카스트로 자작이 본신의 실력을 발휘한 것이다.

처음과 달리 열기가 빠져나간 카스트로 자작의 표정은 굳어 있었다.

"놀랍군."

"좀 심한 것이 아닌가?"

로만이 타박을 주었지만 카스트로 자작은 고개를 저었다.

"자네 말은 틀렸어. 내가 왜 기절시켰다고 생각하나? 설마 힘 조절이 어설퍼서 그렇다는 건 아니겠지?"

"그 말뜻은?"

"이렇게밖에 할 수 없었다는 뜻이야. 지켜볼 땐 모르지만 직접 상대하는 입장에서는 도저히 검술의 틈을 찾아볼 수 없더군. 아직 미숙하다는 점과 힘의 차이가 현격하다는 점이 없었다면 낭패를 당할 뻔했다."

놀라운 사실이었다.

그것이 설득력을 얻는 이유는 마스터인 그가 하는 말이기에 그렇다.

카스트로 자작의 시선이 레일리아에게 향했다. 균열이 일어난 그녀를 보며 말을 이어나갔다.

"이 녀석이 레일리아에게 저지른 무례가 크다고 하나 목숨을 취할 이유는 없지."

"일부러 그랬다는 이야기로군."

"꿍꿍이가 있다는 말에 목숨을 위협하면 숨기고 있는 것이 나올 거라 생각했는데 예상보다 큰 거였어. 이거 위험하군."

"얼마나 위험하기에 그런가?"

곁에서 지켜보았지만 로만이 보기에 유델의 검법은 위화

감이 느껴질 뿐 크게 달라진 점은 없었다.

하지만 직접 검을 맞댄 카스트로 자작은 정확한 평가를 내렸다.

"경험을 더 쌓으면 십 년 후에 검을 맞댈 자가 많지 않을 것이고, 이십 년 후면 적수를 찾기 힘들 테지."

"……"

이야기를 듣고 있는 로만은 물론이고 두 공녀도 경악했다. 그 말에 담긴 뜻은 이십 년 후 마스터의 경지에 올라 다른 마스터를 압도할 수 있다는 뜻이다.

"결정해라. 네게 무례를 취했고 기원을 알 수 없는 검법을 익혔다. 꿍꿍이가 없다고는 말을 못할 터. 네가 원하는 대로 해주겠다."

"죽여 달라면 죽일 건가요?"

침묵하던 레일리아가 넌지시 묻자 엘리나가 놀라 그녀를 바라보았다.

"물론이다."

"하, 할아버지!"

"정체가 명확하지 않고 무슨 속내가 있는지 모르지만 죽이는 건 내키지 않아요. 제 실력이 되지 않아 할아버지의 힘을 빌리는 것 같아요."

"그렇게 생각되나?"

"이 녀석은 언젠가 반드시 꺾고 말 거예요. 그때까지 누구도 목숨을 취해서는 안 돼요."

다부진 모습에 카스트로 자작은 고개를 끄덕이며 입을 다물었다.

그가 유델을 몰아붙인 가장 큰 이유는 행여나 악마의 재능일지도 모른다는 생각을 해서이다.

궁지에 몰렸지만 어둠의 마나를 분출하지 않은 것을 보아 악마의 재능 소유자가 아님은 분명했다.

'이런 녀석이 있을 줄은……'

마스터인 자신의 힘을 끌어낼 정도인 줄 몰랐기에 감탄이 일면서 한편으로는 모든 것을 밝혀야 한다고 결심하게 만들었다.

"하지만 숨기는 게 있다는 게 마음에 걸리네요. 그 부분에 대해 명확해진다면 가문이 꼭 품어야 할 인재라 생각해요."

"맞다. 그것이 네 결정이냐?"

"네, 부탁드릴게요."

"알겠다. 네 뜻에 따르마."

"감사합니다, 할아버지."

고개를 숙이는 행동에 카스트로 자작의 표정이 풀어졌다. 북부의 전신인 그가 괜히 손녀바보라 불리는 것이 아니었다.

"그럼 이 녀석에 대한 정보를 밝혀내도록 하마. 밝혀지는 대로 네게 알려주겠다."

"부탁드릴게요."

레일리아의 날카로운 시선이 유델에게 고정되었다가 몸을 돌렸다.

'전력을 다한다고 해놓고 실력을 숨겨?'

저택 안으로 들어가는 그녀의 두 눈은 이글거리며 타오르고 있었다.

"큭!"

정신을 차린 유델은 무심코 몸을 움직이려다가 팔다리가 속박되어 있는 걸 깨닫곤 정신이 확 깨는 것을 느꼈다. 마나를 운용하려 했지만 꽁꽁 얼어버린 얼음처럼 굳어 움직이지 않았다.

"깨어났군."

의자에 묶여 있는 유델 앞에 카스트로 자작이 앉아 있었다.

독서 중인 듯 책을 펼치고 있던 그는 인상을 찡그리며 책을 내려놓았다.

"시간을 죽였지만 내키지가 않더군. 조금 더 늦게 깨어났으면 여러 가지로 괴로웠을 것이다."

"전 어떻게 되는 것입니까?"

"네가 취하는 행동에 따라 달라지겠지. 솔직히 대답하고 혐의를 벗으면 된다."

"혐의?"

유델로서는 어리둥절한 반응을 보일 수밖에 없었지만 카

스트로 자작의 입장에서는 그러한 행동도 경계해야 했다. 입을 닫고 조용히 바라보던 그는 자리에서 일어나며 말문을 열었다.

"나는 네가 악마의 재능 소유자가 아닐까 의심했다."

"악마의 재능? 살인마가 된다는 체질을 말씀하시는 것입니까?"

"맞다. 널 몰아붙였던 것도 그것을 확인하기 위함이었지."

"전 악마의 재능 소유자가 아닙니다."

악마의 재능은 대륙에 널리 알려질 정도로 유명한 체질이다.

사물을 자각하는 순간부터 살기를 품고 있으며, 어둠의 마나와 뛰어난 친화력을 보여 제대로 수련을 쌓으면 서른 이전에 마스터에 오를 수 있다 알려졌다. 하지만 살기를 제어하지 못하기에 각국에서 조직된 척살단에 의해 목숨을 잃고는 한다.

가장 마지막에 출연한 악마의 재능 소유자는 삼십 년 전이었다.

"그것은 확인이 되었다. 하지만 다른 것을 숨기고 있더군."

"……."

"네가 익힌 검술의 가치는 마스터인 나조차 확신하기 힘들 정도였다. 네 미숙함으로 간파할 수 있었던 것이지."

"……."

"끝까지 침묵해도 좋다. 그 행동은 네게 속셈이 있다는 걸 뜻한다. 무슨 의도로 로만에게 접근한 거지? 가문에 잠입하는 것이 목표였나?"

무언의 긍정이라 판단한 카스트로 자작은 기세를 발산하며 압박을 가했다.

그와 겨루면서 진탕된 내부가 다시 한 번 울렁이더니 가슴속에서 무언가 울컥 올라오는 것을 느낌과 동시에 입가로 피가 흘러내렸다.

아랑곳하지 않은 채 유델에게 시선을 고정하고 있었다.

"그분을 만난 것은 우연이었습니다. 제게 듣고 싶은 말이 무엇입니까?"

"모든 것. 뛰어난 검술을 익힐 수 있던 것과 로만에게 마법을 배우고 싶다고 한 이유. 이 두 가지가 가장 중요하겠군."

수백 년 동안 가다듬어진 마나 연공법과 검술을 익혀도 스물 이전에 엑스퍼트에 오르는 것은 자질을 타고난 극소수의 인물뿐이다.

유델의 존재는 명문가의 연구를 부정한다고 볼 수 있다. 사냥꾼 출신으로서 그들을 뛰어넘는 것은 그동안 이루어놓은 모든 것을 무너뜨릴 수 있다는 걸 뜻했다.

카스트로 자작은 악마의 재능 소유자가 아님에도 상식을 뒤엎은 유델의 성취 자체에 의문을 제기한 것이다.

쉽게 말할 수 있는 사안이 아니기에 유델은 입을 다물었다.

"대답하기 힘든가 보군."

"……"

"그럼 다른 질문을 하겠다. 네 목적이 무엇이냐?"

"이해관계가 맞게 되어 따르게 되었습니다. 제겐 마법을 배워야 할 이유가 있고, 로만 경은 제게 아르셀 공작가에 들어가길 바라셨습니다. 계약 관계이기에 이행하고자 했을 뿐입니다. 아르셀 공작가에 위해를 끼칠 생각은 없습니다."

처음부터 유델의 눈을 주시하던 카스트로 자작은 그가 거짓을 말하지 않는다는 것을 알아차렸지만 모든 의혹이 사라진 것은 아니었다.

숨기는 것이 있는 한 카스트로 자작은 그에 대한 의심을 풀지 않을 것이다.

"오늘은 여기까지 하지. 그동안 곰곰이 생각해 보도록."

그는 그 말을 끝으로 방을 나섰다. 밖으로 나오자 기다리고 있던 로만이 다가오며 물었다.

"어떻게 됐는가?"

"말할 생각이 없어 보이더군."

"나쁜 마음을 먹을 아이는 아니지. 자네가 의심하던 악마의 재능 소유자도 아니고."

"확인이 끝났지만 숨기는 게 있는 이상 인정할 생각이 없다. 그동안 우리에게 있었던 일들을 떠올리면 네가 더 잘 알고 있을 터."

확고한 모습에 로만은 더 말하지 못했다.

피닉스 기사단의 위명이 대단한 만큼 안팎에서 수많은 위기가 있었다. 그중 신분을 위장하고 기사단에 들어온 자들로 인해 공작가가 발칵 뒤집힌 적이 있었다. 타 가문 출신의 첩자가 무더기로 적발된 것이다.

아르셀 공작은 그들을 평생 유배에 처함으로써 일을 마무리 지었지만 그때 그 일을 떠올리면 아직까지 가슴이 서늘해지고는 했다.

"뛰어난 재능을 가지고 있어도 진심이 아닌 이상 양날의 검인 셈이지. 모든 걸 털어놓으면 나 또한 진심으로 대할 것이다."

그 말을 끝으로 카스트로 자작은 자리를 떠났다. 로만은 안타까운 표정을 지었지만 무어라 말을 하지 못했다.

홀로 남게 된 유델은 천장을 멍하니 바라보았다.

머릿속이 복잡하게 헝클어져 정리가 되지 않았다.

현실과 꿈을 오가게 되면서 그가 가지고 있던 가치관은 붕괴된 지 오래였다. 생각이 정리되지 않는 것도 한기준이 갖고 있는 생각이 이곳의 관습을 받아들이지 못해서 벌어지는 현상이었다.

'난 한기준이고 유델이다. 그리고 지금은 유델로 살아가고

있지.'

한기준의 자아가 더 강하지만 이 세계를 살아가는 유델로서 필요한 부분을 적절하게 받아들였다고 생각했다.

현실 세계의 기준으론 살인은 하지 말아야 하고 신분 사회를 받아들이지 말아야 한다. 이를 유연하게 받아들임으로써 적대하는 자를 가차없이 벨 마음을 갖추고 인간 사회에 녹아들었다.

하지만 그것은 어디까지나 표면적인 것에 불과했다.

사람을 죽인 것도 실상을 들여다보면 그들을 사냥하는 짐승 취급하는 것에 지나지 않았고, 신분을 인정한다고 해도 마음에서 우러나온 것이 아니었다.

만약 자신이 진심으로 받아들였다면 로만과 레일리아에게 거래를 요청하지 못했을 것이다.

평민인 자신은 그들의 변덕 하나에 목숨이 오가는 하찮은 목숨 그 이상 이하도 아니었다.

지금 직면한 상황이 어이가 없기도 하고 한편으로는 분노가 치밀어 올랐다.

처음에는 자신을 이 지경으로 몰아넣은 카스트로 자작에 대한 분노였고, 그다음은 아직까지 스스로를 이 세계의 구성원이라 여기지 않는 자신에 대한 분노였다.

"내 모든 게 위선이었나?"

평민 따위인 자신이 귀족에게 감출 것이 있을 리 없다.

그들은 가진 것이 많은 자들이다. 현실에서도 그렇듯 가진 것이 많은 자는 그것을 지키기 위해 어떠한 수단과 방법을 가리지 않는다.

유델이 뛰어난 실력을 보였다고는 하나 평민 주제에 대담하게 거래를 요청하고 매사에 당당한 모습을 보이며 감추고 있는 부분이 많으니 수상하게 여길 수밖에 없다.

실력이 있으면 당당할 수 있다는 현대적 사고관에서 벗어나지 못한 행동들이었다.

카스트로 자작은 그 점을 수상하게 여겼고, 첩자가 아님에도 그의 질문에 대답을 할 수 없었다.

"그러면 내가 할 수 있는 건 뭐가 있을까?"

자신이 얻은 고대 검술과 마나 연공법은 단순하게 생각해 보아도 가치를 매기기 힘들 정도로 대단한 것이다.

그것을 밝힐 경우 아르셀 공작가의 손에 들어갈 것임이 분명했다.

거기까지는 나쁘지 않지만 문제는 그 이후였다. 고대 검술과 마나 연공법을 얻은 아르셀 공작가가 강해지는 것은 나쁘지 않지만 문제는 그들이 알 수 있었던 이유가 유델 때문이라는 것이다.

자신들에게 진심으로 충성을 바치지 않는다는 것은 이미 알려졌다. 그런 자신을 아르셀 공작가는 과연 가만히 둘 것인가?

이 점에 대해서 유델은 단호하게 아니라고 대답할 수 있었다.

"솔직하게 털어놓아도 내 목숨만 위태로울 뿐이지."

쓴웃음이 저절로 흘러나왔다.

자신은 세상을 너무 만만하게 여기고 있었다. 마법을 익히기 위해서 로만의 도움을 받고자 했지만 거꾸로 목을 옥죄는 사슬이 되었다.

처음부터 모든 것을 홀로 해냈다면 이런 상황에 닥치지 않았을 테지만 카스트로 자작은 유델에게 선택을 강요했다.

유델은 두 눈을 감았다.

카스트로 자작이 방문하기 전까지 그는 결정을 내려야만 했다.

다음날, 카스트로 자작은 사람을 보내 유델에게 마음을 정하라고 통보하였다. 점심시간 이후 찾아올 테니 선택을 하라는 뜻이다.

단호한 의지를 표출한 것과 달리 점심 식사는 밝았다.

카스트로 자작과 레일리아, 엘리나 셋이서 이루어진 점심 식사는 겉으로는 밝았지만 내면을 살펴보면 무겁게 가라앉은 것을 알 수 있었다.

엘리나가 적극적으로 대화에 임하며 분위기를 띄우고자 했으나 심각한 표정을 지은 레일리아가 음식을 거의 먹지 않은 채 생각에 잠겨 있었던 것이다.

식사 시간이 끝날 무렵, 레일리아가 입을 열었다.

"할아버지."

"말해라."

"유델을 언제 찾아갈 생각인가요?"

"그건 왜 물어보는 것이냐? 설마 너도?"

"저도 가고 싶어요. 그 아이가 무엇을 숨기고 있는지 제 귀로 직접 듣고 싶어요."

카스트로 자작의 얼굴에 난감함이 번져 나갔다. 유델이 솔직하게 털어놓지 않을 경우 험악한 모습을 보일 생각이었던 것이다. 하지만 단호하게 빛나는 레일리아의 눈을 보고 거짓말을 할 수는 없었다.

"험한 꼴을 볼 수 있다. 개인적으로 안 왔으면 좋겠다."

"할아버지도 제가 가문을 대표하기에 부족하다고 생각하시나요?"

"그건 아니다. 알겠다. 식사가 끝나면 같이 가도록 하자."

"알겠어요."

식사를 마친 두 사람은 곧장 유델이 있는 방으로 향했다.

팔다리가 묶인 유델은 마나 구속구를 차고 있어 무기력한 모습이었다.

카스트로 자작을 상대하면서 무위를 뽐내던 유델의 약한 모습은 레일리아에게 묘한 감정을 느끼게 만들었다.

그의 눈을 들여다본 카스트로 자작이 입을 열었다.

"결심이 섰나 보군."

"한 가지 부탁을 해도 되겠습니까?"

"그럴 처지가 아니라는 걸 네가 더 잘 알고 있을 텐데?"

분위기가 냉랭하게 가라앉았다. 날카로운 기세가 전신을 파고들었지만 유델의 표정에는 변화가 없었다. 겉으로 드러내지 않고 있지만 내상이 심해져 고통이 심할 것임이 분명했다.

"들어주실 생각이 없다면 전 아무것도 말할 수 없습니다."

"네 목숨이 달린 일이라도?"

"말한다 한들 제 목숨을 보전받을 수 없기 때문입니다."

"첩자라는 걸 인정하는군."

카스트로 자작의 음성에 날이 섰다. 당장 검을 뽑아 베어버려도 이상하지 않았지만 유델은 흔들림없는 모습으로 입장을 고수하고 있었다.

숨 막히는 긴장감이 방 안에 퍼져 나갔다. 굳게 다물고 있는 유델의 입에서 붉은 피가 흘러내렸지만 변하는 것은 아무것도 없었다.

카스트로 자작이 검을 향해 손을 움직이는 것을 본 레일리아가 앞으로 나섰다.

"잠시만요."

"네가 나설 자리가 아니다."

"왕도에서 가문을 대표할 수 있는 건 나예요. 할아버지는 아까 한 말을 부인할 생각인가요?"

작위가 없다고 하나 레일리아는 아르셀 공작의 딸이다. 단승 작위인 카스트로 자작과는 차이가 존재할 수밖에 없다. 아르셀 공작이 그를 왕도로 보낸 것은 상징성일 뿐, 가문을 대표할 수 있는 정통성은 레일리아에게 있었다.

"음! 알겠다."

신음을 삼킨 카스트로 자작은 레일리아에게 자격이 있음을 인정했다.

싸늘한 분위기를 해소시킨 레일리아는 푸른 눈동자로 유델을 직시하며 물었다.

"한 가지 물어볼게. 첩자야?"

"첩자는 아닙니다."

"그러면 왜 대답을 못하는 거야?"

"제가 대답을 하게 되면 목숨을 보전받을 수 없습니다. 그래서 약속을 받고 싶었습니다."

무엇이 그토록 그로 하여금 숨기게 만드는지 레일리아는 궁금했다. 생각에 잠겨 있던 그녀는 고개를 저어 아쉬움을 표했다.

"네가 무엇을 숨기고 있는지 몰라. 나나 할아버지는 개인의 명예도 높지만 가문을 대표하는 상징성이 있어. 네가 사실을 털어놓지 않으면 부탁은 들어줄 수 없어."

"아르셀 공작가에 손해가 되는 일은 없을 것입니다."

"그럼 왜 대답을 못하는 건데? 설마……?"

멈칫한 레일리아의 눈에 이채가 스쳤다. 아르셀 공작가에 손해가 되지 않는 것임에도 불구하고 대답하지 못한다면 그 반대였다.

이득이 되기에 말을 못하는 것. 유델 개인이 지키기에 탐스러운 것이라면 아르셀 공작가는 그의 목숨을 보전하는 것보다 이익을 택할 확률이 높았다.

"내 생각이 맞겠지?"

"그렇습니다. 공녀님은 그 상황에 제 안전을 보전해주실 수 있습니까?"

세상은 냉정하다. 쓸모가 있으면 중용하고 쓸모가 없어지면 가차없이 버려진다.

유델의 머릿속에 자리하고 있는 고대 검술과 마나 연공법은 값어치를 매기기 힘든 귀중한 보물이다. 열다섯 살인 그를 엑스퍼트에 올려놓은 것이니만큼 유출을 염려할 수밖에 없다.

그제야 레일리아는 유델이 어찌하여 입을 굳게 다물고 있는지 알 수 있었다.

하지만 그녀의 얼굴에 떠오른 것은 그를 이해한다는 의미가 담긴 표정이 아닌 냉랭하기 그지없었다. 덩달아 그녀의 목소리도 싸늘해졌다.

"그건 네 착각이라고 말할 수 있겠군."

"무엇이 착각입니까?"

"귀족은 자신의 값어치를 떨어뜨리는 행동을 하지 않아. 가문은 삼백 년의 역사를 버텨왔고, 당대에 이르러 왕도에 세력을 떨칠 만큼 성장했어. 인망을 잃지 않고 이렇게 세력을 키울 수 있는 가장 큰 이유가 뭔지 알아?"

"……"

답을 바라고 물은 것이 아니기에 유델은 침묵했다. 레일리아가 기다릴 것도 없이 말을 이었다.

"바로 신의야. 가문은 한도를 벗어나지 않는 한 정도를 걷고 한 번 약속한 것은 저버리지 않아. 네가 숨기는 것이 얼마나 대단한지 잘 몰라. 하지만 난 약속할 수 있어. 네 존재 하나로 가문 전체의 흥망이 결정되지 않을 거란 걸 믿으니까. 네가 모든 걸 털어놓으면 네 안전은 내가 보호해주겠어. 이것은 왕도에서 가문을 대표하는 나의 약속이자 가문의 약속이야."

"레일리아!"

자세한 연유를 파악하지 않고 약속하자 카스트로 자작이 놀라 외쳤지만 레일리아의 표정은 흔들리지 않고 유델을 직시하고 있었다.

단호한 의지가 깃든 눈빛은 그의 마음을 굳히게 만들기에 충분했다.

입술을 지그시 깨문 그는 고개를 끄덕였다.

"알겠습니다. 제 모든 것을 털어놓겠습니다."

유델이 끝까지 털어놓지 않은 것은 열다섯의 나이에 비정상적으로 강한 이유와 마법을 익히려는 것이다.

카스트로 자작은 유델이 모 단체에서 집중적으로 단련 받은 첩자라 판단했다. 사냥꾼 출신인 그가 이루기에는 성취가 너무나 눈부셨던 것이다.

레일리아의 약속을 받은 유델은 자신이 빠른 성취를 이룰 수 있는 것에 대해 설명했다.

어린 나이부터 사냥을 통해 실전 경험을 쌓아온 것과 살던 곳에서 발견하게 된 출처가 없는 마나 연공법과 검술, 그리고 수련을 통해 강해진 것까지.

그것이 고대 시대에 있던 유물이라는 것은 밝히지 않았다. 당대 사람들이 가장 혈안이 되어 찾고자 하는 것이 고대 검술인 것을 감안하면 레일리아의 약속으로도 신변을 보장받을 수 없다고 판단했다.

유델의 이야기를 들은 카스트로 자작의 표정이 한결 풀어졌다.

가장 문제가 되던 부분이 해결된 것이다. 열다섯 살인 유델을 엑스퍼트에 올려놓은 마나 연공법과 검술이기에 가문이 탐낸다면 방법이 없었을 것이다. 유델은 이용당한 뒤 버려질 상황을 염려한 것이 분명했다.

'아직 어린 녀석이 거기까지 생각해? 이야기가 사실이라면 가문의 홍복이고 이것도 거짓이라면 재앙을 몰고 올 녀석이다.'

"마법은 왜 배우려고 하는 건데?"

"전 사냥꾼 출신이기에 마법이 얼마나 유용한지 알고 있습니다. 검으로 강해질 수 있지만 마법이 적절하게 조화되면 더 강해질 수 있을 거라 판단해서 배우고자 했습니다."

현실 세계에 대해 설명할 수 없었기에 더 강해지고자 하는 열망으로 대체했다. 미심쩍은 면이 있었지만 유델이 구사하는 검술이 실용적인 것을 바탕으로 했기에 이상하게 여겨지지는 않았다.

레일리아는 카스트로 자작에게 시선을 주었다.

"어떤가요?"

"사실일 수 있지만 의심되는 것도 사실입니다."

"그럴 테죠. 열다섯 나이에 엑스퍼트에 오를 수 있는 마나 연공법과 검술이 산속에서 발견되다니."

삼류 소설에서 나올 법한 기연으로 이렇게 강해질 수 있었다는 것을 간단하게 인정하면 그것도 이상할 일일 터였다.

모든 것을 털어놓았지만 유델의 해명은 그가 지닌 것을 밝혀내기 전까지 증명할 길이 없었다.

생각에 잠겨 있던 유델은 레일리아에게 말했다.

"제 의심을 풀 방법은 하나밖에 없다는 것을 알고 있습니다. 그렇다면 공녀님께 제가 얻은 마나 연공법의 묘리 일부분을 알려드리겠습니다. 들어보고 판단해 보시는 것이 어떻습니까?"

마나 연공법은 각 가문에서 유출을 엄격하게 금지할 정도로 비전 중의 비전이다. 어떤 가문은 마나 연공법을 유출한 범인의 가족은 물론 일가친척을 모조리 벌할 정도였다.

안전을 보장받고 비밀을 밝히는 것으로 끝이라 생각했지만 이렇게 나온다면 나쁘지 않은 제안이다.

"왜 나야?"

"공녀님이 제 안전을 보장해 주셨기 때문입니다."

"하지만 그것을 듣는다 한들 얼마나 대단한 것인지 판단하기에는 부족해. 할아버지 정도 되는 분이 들어보셔야 알 수 있지."

지목받은 카스트로 자작의 표정이 묘해졌다. 유델의 이야기가 사실이라면 새로운 마나 연공법의 묘리를 알 수 있으니 흥미가 동할 수밖에 없다.

큰 틀은 같으나 세세한 면은 다르기에 유델의 말이 진실이라면 새로운 체계를 접하게 되어 한 단계 발전을 노릴 수도 있었다.

"알겠습니다. 제가 공녀님께 말씀드릴 테니 자문을 구하도록 하십시오. 어떻습니까?"

"나쁘지 않아. 개인적으로 가문에 보탬이 될 수 있지만 약속을 했으니 어쩔 수 없지. 하지만 이것을 연구하여 다른 마나 연공법이 탄생할 수 있어. 그것은 아르셀 가문의 것이 될 거야."

"예."

유델의 승낙에 레일리아의 표정이 밝아졌다.

"고초를 겪게 해서 미안하게 생각해. 하지만 우리의 입장도 생각해 줘야 해. 이해해 줬으면 좋겠어."

"이해합니다. 공녀님의 배려에 감사합니다."

위기를 넘긴 유델은 고개를 숙여 감사를 표했다.

제11장

입학

DREAM
WALKER
드림워커

의혹을 벗은 유델은 속박에서 풀리고 내상을 치료받았다. 아직까지 의심이 풀린 상황은 아니었기에 마나 구속구는 거두지 않았다.

카스트로 자작과 함께 방으로 돌아온 레일리아는 로만을 불러 방 안에서 나눈 이야기를 하곤 그의 의견을 구했다.

"로만 경은 어떻게 생각하나요?"

"그 말을 들으니 의아하던 부분이 해소되는 것 같습니다. 사실 엑스퍼트가 구사하는 검술이라기엔 지나치게 실전적이었습니다."

"그 아이는 마나 연공법의 묘리를 제게 알려주겠다고 했어요. 아마 그 위력이 대단하여 자신이 버려질 것을 염려했나 봐요."

"유델의 어머니는 오우거 부산물을 탐낸 용병에게 목숨을 잃었습니다. 비싼 보물을 지킬 힘이 없다면 잃을 수밖에 없는 이치를 알고 있지요. 그것 때문에 한사코 숨기려 한 것 같습니다."

유델의 모든 것을 알게 된 로만은 이해할 수 있었다. 하지만 카스트로 자작은 한 가닥 남은 의심을 지우지 않았다.

"완벽하게 의혹을 벗는 것은 레일리아에게 마나 연공법을 알려줄 때다. 그 위력이 얼마나 대단한지 확인을 해야 의심을 풀 수 있을 것이다."

"하지만 약속한 것을 잊으면 안 돼요. 가문의 약속은 무거운 법이에요."

"알고 있다. 마스터의 명예를 걸고 냉정하게 판단할 것이니 그 부분에 대해서는 걱정하지 마라."

공작이 되고자 하는 레일리아는 자신의 입에서 나온 약속의 무게를 천금처럼 무겁게 여겼다. 그녀의 꿈을 알고 있는 카스트로 자작은 마스터의 명예를 걺으로써 그녀를 안심시켜 주었다.

"얼마나 대단한 건지 들어보면 알게 될 테지."

"기대가 되네요."

높은 경지에 목말라 하는 레일리아의 두 눈이 기대감으로 반짝였다.

몸을 추스른 유델은 마나 연공법 묘리를 털어놓기 위해 레일리아의 방으로 향했다.

안으로 들어선 그는 그녀 말고 다른 사람이 있는 것을 보고는 표정을 찡그렸다.

"왜 날 보고 표정을 찡그리는 것입니까?"

"제가 마나 연공법을 묘리를 전할 사람은 공녀님뿐인 걸로 알고 있습니다."

"어차피 내게 전해도 좋다고 했으니 들어도 상관없지 않느냐?"

"절 혹독하게 다룬 분에게 좋은 감정이 생기지 않아서 그렇습니다. 듣는 것은 상관없지만 질문 등은 일체 받지 않을 것입니다. 동의하지 않으면 나가겠습니다."

무례하기 그지없는 태도였지만 그를 엑스퍼트에 올려놓은 마나 연공법이 궁금했던 카스트로 자작은 앓는 소리를 흘리더니 동의했다.

레일리아 맞은편에 앉은 유델은 호기심으로 반짝이는 그녀의 눈동자를 보곤 침착하게 호흡하며 말문을 열었다.

"제가 익힌 마나 연공법은 기존의 마나 연공법보다 좀 더 세밀하게 분산되어 있습니다. 공녀님이 익혔을 마나 연공법이 어떤 것인지 모르지만 제 것은 두 가지 특징을 가지고 있습니다."

"말해봐."

"간단하게 말하면 개척과 응축입니다."

"개척과 응축?"

예상치 못했던 말이었기에 호기심 어린 표정을 지었다. 입을 열려던 유델은 앞에 놓인 찻잔을 보곤 차를 한 모금 마신 뒤 말을 이어나갔다.

"제 마나 연공법은 마나를 쌓아 마나 홀로 인도하는 것 이외에 다른 기능이 존재합니다. 개척은 마나 로드를 마나를 운용하면서 개척하는 것을 의미하고 응축은 끌어들인 마나의 밀집도를 높이는 것입니다."

"으음!"

그것이 무엇을 의미하는지 알아차린 카스트로 자작의 입에서 감탄 어린 소리가 흘러나왔다.

이 두 가지 특징이 주는 장점이 무엇인지 알지 못했기에 레일리아는 눈을 깜빡이며 설명을 요구하는 눈빛을 보냈다.

"마나 로드는 마나가 흐르는 길을 말합니다. 모든 마나 연공법은 마나를 끌어들이면서 체내에 마나를 축적합니다. 만약 마나가 흐르는 길이 넓고 튼튼해지면 어떻게 되겠습니까?"

"더 빠르고 많은 양을 운용할 수 있겠지. 설마?"

"그 설마가 맞습니다. 마나 로드를 개척하면 마나의 운용이 빨라져 훨씬 빠르게 오러를 발현할 수 있습니다."

별것 아닌 사실이지만 놀라운 내용이었다.

명문 가문의 마나 연공법 위력이 높다고 평가받는 이유는 수 대를 내려오면서 마나를 마나 홀에 쌓을 수 있는 경로를 단축시키고 불필요한 군더더기를 제거했기 때문이다.

유델은 여기에 한 술 더 떠 마나가 흐르는 길 자체를 넓혀 놓았다는 이야기를 한 것이다.

이는 마나를 빠르게 운용하는 것은 물론 별개로 마나 연공법에 매진하는 시간의 단축을 불러온다. 같은 시간에 더 많은 마나를 쌓을 수 있다는 뜻이다.

"응축은 마나의 밀집도를 높이는 것으로, 동일한 마나를 가지고 오러의 위력을 증가시킬 수 있는 비법입니다."

"그게 가능해?"

"제가 엑스퍼트 최상급과 맞선 것을 공녀님도 보셨으리라 생각합니다."

"아!"

모든 오러에는 위력의 고하가 갈리게 마련이다. 그렇기에 검사들이 하루도 거르지 않고 마나 연공법에 매진하는 것이다. 마나를 운용하면 할수록 단단해지기에 오러의 위력을 늘릴 수 있는 것이다. 유델은 이것을 별개로 단련하여 훨씬 강한 위력을 발휘할 수 있었다.

이 두 가지만 보아도 그의 눈부신 성취가 이해되었다.

"으음, 그러니까……."

카스트로 자작은 입이 근질거렸다. 묻고 싶은 것이 한두 가지가 아니었지만 유델은 그에게 시선조차 주지 않고 있었다.

"질문할게. 마나를 응축한다는 건 오러 블레이드를 일으키는 비기 아니야?"

"비슷합니다. 제가 얻은 마나 연공법에서는 엑스퍼트 최상급에 오르면 인위적으로 오러 블레이드를 만들 수 있다고 적혀 있습니다."

"그, 그게 가능해?"

"제가 최상급 엑스퍼트가 아니라 확답을 하기 힘들지만 책에는 적혀 있었습니다."

놀라운 사실이었다. 엑스퍼트 최상급에 오르면 막대한 양의 마나를 응축하여 오러 블레이드와 비슷한 형태를 갖추는 것이 가능했지만 그것뿐이다.

"마나 연공법은 서로 충돌하여 중복해서 익힐 수 없지만 앞서 말한 두 가지 묘리는 일종의 요령이어서 충돌이 없습니다. 공녀님께 이 두 가지를 알려드리겠습니다."

"괜찮겠어?"

"제 결백을 증명하기 위함입니다. 절 믿을 수 있습니까?"

고개를 끄덕일 뻔했지만 레일리아는 대답하지 않았다.

사람이 사람을 믿을 수 있다는 것은 오랜 시간 동안 진정성 있는 모습이 쌓여 이루어지는 것이다. 매력적인 비기를 털어놓았다고는 하나 유델을 믿을 수 있는 것은 아니었다.

아니, 믿는다고 하는 것이 표리부동함을 인정하는 것과 같았다.

"제가 결정한 일입니다. 판단은 공녀님이 하시면 됩니다."

냉정하게 끊어 말하자 레일리아의 가슴 한쪽에 서운함이 피어났다.

그를 구제해 준 것은 자신이고 자신의 설득으로 유델이 인정받을 수 있게 되었다.

내심 자신을 특별하게 여겨 결정한 것이라 생각하던 그녀는 유델의 사무적인 모습에 섭섭한 감정을 느끼다가 자신의 감정 변화에 깜짝 놀라며 마음을 안정시켰다.

그사이 유델의 말이 이어졌다.

"어떻게 생각해요?"

유델과 대화를 끝마친 뒤 레일리아와 카스트로 자작은 따로 자리를 가졌다.

그녀가 듣기에 유델이 털어놓은 비기는 대단한 수준에 이른 것이었다. 가문의 마나 연공법도 어디에 내놔도 부족하지 않은 수준인데 그의 비기는 한층 더 발전되어 흠잡을 곳이 없었다.

"대단하군. 이렇게 체계화를 시켜놓을 줄 몰랐다."

카스트로 자작은 감탄사를 흘렸다. 유델의 이야기를 들으면서 묻고 싶은 것이 한두 가지가 아니었다. 하지만 두 사람의 만남은 첫 단추부터 잘못 꿰어서인지 유델은 카스트로 자작의 눈빛을 단호하게 외면했다.

"마나 연공법을 만든 이는 마스터의 경지에 오른 검사다."

"마스터가 만든 마나 연공법이라고요?"

"그것도 상당한 수준의 마스터야. 지금의 나로서도 승산을 장담할 수 없을 것이다."

"놀랍네요."

자존심 강한 마스터가 겨뤄보지도 않고 실력의 고하를 가르는 것은 그만큼 수준 차이가 존재한다는 뜻이다. 레일리아는 청각을 곤두세우며 다음 말을 기다렸다.

"그 녀석이 말한 비기는 대부분 마스터의 경지에 오른 검사가 깨닫는 것이다. 그것을 활용한 방안은 어렴풋이 깨닫고 있었지만 저렇게 이론으로 정립시켜 놓을 줄 몰랐다."

"마스터가 돼서 얻을 수 있는 거라면 대단하네요."

"그래, 엑스퍼트가 마스터의 비기를 얻는 셈이다. 마스터가 오러 블레이드를 일으키는 게 전부라고 생각하면 오산이다. 그 안에는 그 녀석이 말했던 개척된 마나 로드와 응축이 존재하니 말이다."

감탄의 연속이다. 카스트로 자작은 손녀 사랑이 지극할 때나 말이 많지, 평소에는 말이 그리 많지 않은 인물임에도 끊임없이 말을 이어나갔다.

무심코 생각하던 부분을 이론으로 정립해 놓았다. 짧은 순간이지만 유델의 이야기를 들으며 얻은 깨달음이 적지 않았다.

"아마 그 녀석은 더 많은 것을 알고 있을 것이다."

"더 많은 거라면?"

"네게 가르쳐 준 부분은 마나 연공법과 충돌하지 않는 부분이다. 그렇다면 충돌하는 부분도 있을 터. 어느 부분이 더 많을지 생각해 보면 간단하지 않느냐?"

"아!"

레일리아의 입에서 소리가 흘러나왔다. 카스트로 자작은 그녀가 미처 생각하지 못한 부분을 짚어내고 있었다.

"일단 그 녀석이 알려준 부분을 접목시켜 보도록 하자. 제대로 깨달음을 얻는다면 지금보다 훨씬 높은 수준에 도달할 수 있을 것이다."

"열심히 해볼게요."

사막에서 오아시스를 만난 양 레일리아가 눈을 빛냈다.

왕도 아카데미의 새로운 학기가 시작되었다.

아카데미는 일 년 네 분기 중 두 분기에 개학하여 두 학기를 마치면 한 학년을 마무리한다.

방학 시즌 이동을 염려하여 봄과 가을에 개학하는데, 따뜻한 봄기운과 함께 수많은 사람들이 아카데미로 몰려들었다.

아카데미에 입학하는 이들은 대다수가 귀족이었고, 소수

의 부유한 평민들이 신분의 벽을 깨뜨리고자 아카데미에 입학하고는 한다.

그들 중 대다수가 귀족 가문의 후원을 받으며 새로운 꿈을 품고 입학했다.

유델은 아카데미에 입학하는 학생 중 수석 입학자로 등재되었다.

우수한 성적으로 입학시험을 통과한 학생들이 무수히 많았지만 그는 아카데미 역사에서 손에 꼽히는 조기 졸업 신청자로 검술학부 교수 빌테른과 접전을 벌이며 당당히 합격했다. 교수에 준하는 실력을 지닌 그가 수석이 아니라면 이상한 일이었다.

"후!"

유델의 입에서 저절로 한숨이 흘러나왔다.

수석 입학이라는 사실은 명예로운 것이지만 그에게 있어선 그리 달갑지 않았다.

그가 원하는 것은 마법학부에 들어가 인챈트 마법을 배워 현실에서 병을 앓고 계신 어머니를 치료하는 것이다.

여러 가지 감정이 담긴 사람들의 시선이 좋게 느껴질 리 없었다.

입학식은 아카데미 학장의 연설과 수석 입학자의 선서를 끝으로 마치게 된다.

아카데미 학장은 현 국왕의 삼촌이 맡고 있기에 권위가 상당하다.

"…아카데미 수석 유델."

선서 내용을 따라 읽으니 입학식이 순조롭게 끝을 맺을 수 있었다.

단상 아래로 내려온 그는 배정된 검술학부로 돌아왔다.

미리 자리한 선배들은 강의를 신청하는 방법과 앞으로 주의해야 할 점 등을 이야기해 주었다. 하지만 유델을 대하는 그들의 태도는 극명하게 나뉘었다.

아르셀 공작가의 후원을 받고 있다고 하나 사람의 마음은 언제든지 변할 수 있기에 그를 끌어들이려는 가문의 자제들은 친절하게 대했다.

그리고 평민 출신 주제에 특출 난 실력을 지닌 그를 곱게 보지 않는 이들이 존재했다.

"쟤가 수석 입학자라고?"

"깐깐하기로 소문난 빌테른 교수를 물먹인 게 저 녀석?"

불신이 담긴 시선이 유델에게 향했다.

호리호리하고 근육이 붙어 있지 않은 몸은 검도 제대로 들 것 같지 않았다.

어딜 가나 자신의 자리를 넘보는 신예는 존재하게 마련이고, 신과 구가 대립하는 광경이 벌어지고는 한다.

시비조로 말을 거는 귀족 청년들의 모습이 곱게 보일 리 없었지만 한차례 실수를 저지른 적이 있기에 좋게 넘기며 상대하려 들지 않았다.

입학식이 끝난 유델은 선배들이 알려준 대로 강의를 신청했다.

마법학부에 들어가려고 했던 그가 검술학부로 입학한 것은 조기 졸업 신청을 하면서 특기를 검술로 등재해서이기도 하고 검술학부 학생도 마법 수업을 들을 수 있다고 해서 그렇다.

저택으로 돌아온 그는 내일이 되길 기다렸다.

그가 이 세계에서 각오를 세우고 계획을 수립하게 된 것은 현실에서 병을 앓고 계신 어머니 때문이다. 마법을 배워 현실로 돌아갈 수 있다면 웃음이 사라진 가족의 얼굴에 행복을 불어다 넣어줄 수 있을 것이다.

"힘내야 한다. 힘내자."

모진 여정 끝에 실마리를 잡게 된 유델은 각오를 다시 한번 다졌다.

다음날이 되자 아침 일찍 일어난 유델은 준비를 마치고 저택을 나섰다.

아르셀 공작가가 그에게 후원해 주는 것은 저택에 머물면서 의식주를 해결하는 것뿐이었다.

저택에서 아카데미까지 걸어서 삼십 분가량 걸렸기에 일찍 다녀야 했지만 현실에서 해왔던 일이기에 큰 어려움은 없었다.

사유지를 벗어나 아카데미로 향하는 대로에 접어들 무렵
이었다.

네 마리 말이 이끄는 사두마차가 다가왔다. 옆으로 비켜서
며 마차가 지나가길 기다렸으나 마차는 앞에 멈춰 섰다. 안을
보지 못하게 가려졌던 휘장이 걷히더니 익숙한 얼굴이 모습
을 드러냈다.

아르셀 공작가의 이공녀 엘리나였다.

"안녕하십니까, 공녀님."

"아카데미 가는 길인가요?"

"예, 그렇습니다."

"저도 가는 길인데 잘됐네요. 타세요."

머뭇거리는 유델을 향해 강하게 권한 그녀는 기어코 안으
로 끌어들였다.

"아!"

마차 안에는 엘리나뿐만 아니라 레일리아도 탑승해 있었
다.

고개 숙이며 인사하니 그녀도 인사를 했다.

걸어가면 한참 걸리는 거리였지만 마차를 타고 가니 금방
도착했다.

정문을 지나 안으로 진입한 마차는 강의가 열리는 인문학
부 건물에 멈춰 섰다. 자리에서 일어난 엘리나는 마차에서 내

리며 말했다.

"그럼 나중에 봐요."

문이 닫히자 마차는 다시 이동했다.

여태껏 침묵하고 있던 레일리아는 입을 열어 물었다.

"마법학부 건물로 가지?"

"아, 예. 그런데 괜찮습니다. 걸어서 가겠습니다."

"괜찮아. 나도 마법학부에 수업이 있으니까."

"예?"

어리둥절한 표정으로 반문했지만 레일리아는 대답하지 않았다.

마차가 마법학부에 도착하자 유델이 먼저 내렸다. 그리고 내려서는 레일리아의 손을 붙잡아 에스코트해 주었다.

사람들의 시선이 두 사람에게 집중되었다.

레일리아는 아르셸 공작가라는 배경과 미모, 실력으로 아카데미 내에서 이름이 높았다. 그리고 유델도 아르셸 공작가의 후원을 받는 것과 입학식에서 모습을 드러낸 것으로 얼굴이 알려졌다.

"공녀님은 어째서?"

"나도 마법 수업을 들으니까. 인챈트 마법 이론을 듣겠지?"

"어, 어떻게······?"

"나도 그걸 들어."

놀란 유델의 몸이 굳었다. 그 모습을 바라보던 레일리아의 입가에 미소가 살짝 걸렸다.

"서로 신뢰가 쌓였다고 생각하면 일러. 넌 가문에서 예의 주시하는 인재야. 마침 마법에 대해 알 필요가 있었으니 같이 듣는 것도 나쁘지 않다고 생각해."

"절 감시하려는 생각이군요."

"감시라기보다 각별히 보살피는 거라 생각해 줬으면 좋겠어."

개척과 응축이라는 두 가지 비기를 전수받은 레일리나의 태도는 부드러웠다.

그 모습이 아카데미에서 보이는 평소 모습과 사뭇 달랐기에 따가운 시선이 사방에서 쏟아졌다. 대부분 남학생들이었다.

'편치 않겠군.'

앞으로 펼쳐질 아카데미 생활이 평탄치 않을 거라 생각한 유델의 얼굴에 근심이 번졌다.

북부 전선 총사령관이자 영지를 다스리는 영주이기도 한 아르셀 공작의 업무량은 상상을 초월한다.

처리해야 할 일거리 중 비중이 큰 것과 작은 것으로 나뉘는데, 이는 사방에 파견되어 있는 인물들의 정보 전달 또한 마찬가지였다.

바쁜 업무를 끝내고 점심 식사를 끝낸 아르셀 공작에게 전해진 것은 그에게 직통으로 소식을 전할 수 있는 몇 안 되는 인물이었다.

"단장님이 보내신 편지입니다."

"고모부가? 무슨 이유로 보냈는지 모르겠군."

티타임을 즐기던 그는 의아한 표정을 지으며 카스트로 자작의 편지를 받아 들였다.

마법을 통해 전해진 편지는 휴식을 취하고 있을 시간에 정확히 전달되었다.

편지를 개봉한 뒤 빠르게 내용을 읽기 시작했다. 내용이 제법 많았지만 읽는 시간은 오래 걸리지 않았다.

"대단하군. 로만 경이 난놈을 데려왔어."

카스트로 자작이 보낸 편지 내용은 유델에 관련된 내용이었다.

그는 악마의 재능 소유자가 아니며, 옛 마나 연공법과 검술을 익혔다고 적혀 있다. 유델이 미처 예상하지 못했던 점이라면 카스트로 자작은 소견을 덧붙이길, 사장된 고대 시대의 마나 연공법과 검술이 아닐까 추측하고 있었다. 그렇지 않으면 유델의 성장 속도는 말이 되지 않았다.

그와 있었던 일과 레일리아의 약속 등 상세한 내용이 적혀 있었다.

"레일리아가 훌륭하게 해냈군. 정도를 걷는다……. 가문을 다스림에 있어 정도만 지향할 수는 없지만 올바른 가치관을 지녔어."

허무하게 잃어버릴 수도 있었던 인재를 설득하여 편으로 삼은 레일리아의 행동은 칭찬받아 마땅한 것이었다.

그리고 카스트로 자작이 적어놓은 유델의 비기.

그는 레일리아와 카스트로 자작 두 사람에 한정하였지만 아르셀 공작에게 정보가 전해지는 것은 어쩔 수 없는 노릇이었다.

마스터의 명예를 걸었기에 대략적인 내용만 적혀 있었지만 그것만으로 대단했다.

"우리 사람으로 만들어야 한다고? 단순히 기사로 삼는 것으로는 부족하다는 이야기군."

여러 가지 생각을 하게 만드는 문구였다.

카스트로 자작은 반드시 우리 사람으로 만들어야 한다고 적어놓았다.

그것은 여러 가지 추측을 유발하였지만 딱 한곳에 도착할 수밖에 없었다.

"방법을 마련해 달라는 건 결국 내 결단이 필요하다는 것일 터."

뛰어난 인재를 확실하게 소속시키는 방법.

수많은 방법이 나왔고, 그중 가장 효율적인 방법을 아르셀 공작은 잘 알고 있다.

그의 아버지가 보여주었고, 지금의 카스트로 자작을 있게
만든 효과적인 방법.

"혼인을 시켜야겠군. 고모부가 칭찬할 정도의 녀석이
라……. 어떤 녀석인지 궁금해."

산더미처럼 쌓인 서류를 보며 아르셀 공작은 묘한 미소를
지었다.

『드림워커』 제2권에 계속…

1월 0일

진호철 장편 소설

살아진다고 사는 것이 아니다.
스스로 살아야만 진정한 삶이다!

우주의 법칙마저 뛰어넘은 미증유의 힘, 반물질과의 만남.

1월 0일, 운명이 격변하는 날!
오늘은 새로운 삶의 시작이다!

Book Publishing CHUNGEORAM

유행이 아닌 자유추구 -
WWW.chungeoram.com

돈 빌려 드립니다
THE LOAN FOR JUSTICE
FUSION FANTASTIC STORY
The N 장편 소설
돈빌려
드립니다
THE N 장편 소설
친구를 위해서 끌어다 쓴 사채. 그로 인해 죽음에 내몰린 남자.
절망의 끝에서 만난 신비로운 목소리가 그의 삶을 새롭게 이끄노니...
세상의 모든 더러운 돈과 전쟁을 선포한
가장 밑바닥에서부터 기어오른
한 사내의 이야기!
"그 돈, 제가 빌려 드리죠."
더러운 사채는 모두 사라져라.
이제 새로운 돈의 절대자가 탄생한다!
Book Publishing CHUNGEORAM
WWW.chungeoram.com

黃龍亂神

황룡난신

무황 新무협 판타지 소설

『무황학사』 일황 작가의
2012년 벽두를 여는 신작!

이백 년 만의 귀문. 그러나 그가 목도한 것은 폐허처럼 변해 버린 문파!
다시 돌아온 자운의 무공이 광풍처럼 몰아친다!

"누가 우리 황룡문을 이렇게 만든 것이냐!"

황룡문을 건드리는 자, 나의 검이 용서치 않을 것이다!

천하제일검 조수과 대사형의 꿈을 이루는 그날!
잠들었던 황룡이 다시 하늘을 뚫고 솟을지니.

부숴라, 답답한 지금을!
파괴하라, 앞을 막아서는 적들을! 날아올라라, 황룡이여!

Book Publishing CHUNGEORAM

유행이 아닌 자유추구 -
WWW.chungeoram.com